推しカプのお気に召すまま
～こっそり応援するはずがなぜか私がモテてます!?～
As my ship likes it.
2
姫 沙羅
Sara Ki
ill. 御子柴リョウ
TOブックス

第二章

Go!

（幕は開けた）

目次

Contents

イラスト 御子柴リョウ
デザイン AFTERGLOW

As my ship likes it.

登場人物紹介
Characters

アリア・フルール

この物語の主人公。
水属性・アクア公爵家の令嬢で、
ゲームの中の王道ヒーロー・シオンの婚約者。
シオンとユーリの「推しカプ」をくっつけるため奮闘中。

ユーリ・ベネット

ゲームの本来の主人公。
主に輸出入業で富を成す、
商人の一人息子。突然変異で平民から生まれた、
王族と同じ稀有な光属性の魔力の持ち主。

シオン・ガルシア

主人公アリアの婚約者。
風属性・ウェントゥス公爵家の次男で、
ゲームの主人公の
クラスメイトでありメインヒーロー。

第二章
Go!
（幕は開けた）

オープニング

（いよいよだわ……！）

入学式を明日に控え、自室の机に向かっているアリアの胸は高揚する。

アリアの中に〝別世界の記憶〟が降りてきたあの時から、この日が来ることを一日千秋の思いで待っていた。

（でも、まさかこんなことになるなんて……）

日記と呼べるほどこまめに書いているわけではないものの、手元の日記帳へ目を落とし、アリアは僅かに動揺する。

そこには、備忘録とでも言うべき、アリアが思い出した限りの〝ゲーム〟の記憶と、それに関連するここ三年間の出来事が書き綴《つづ》ってあった。

（思えば、あっという間だったわね……）

ゲームの記憶が降りてきた時には待ち遠しいと思っていたこの日だが、ここ三年間の出来事を思い出すと、あっという間に月日が過ぎていったように感じられる。

（なんだかいろいろなことがあった気がするわ……）

アリアはただ、一人でも多くの人の命を救いたかっただけなのに。

気がつけば、随分と思いもよらない副産物が生まれてしまっている。

（そんなつもりなかったのに……）

流行病から人々を守るために動いた結果、〝ゲーム〟内では存在しなかった〝回復薬《ポーション》〟を作り出してしまったり、常備薬という新しい常識を生み出してしまったり。

おかげで〝攻略対象者〟たちと仲良くなれたことは喜ばしいが、アリアが変えてしまった未来は、全てがいい方向に向かっているわけではないだろう。

（……これから、どうするべきか）

ゲーム内では〝皇太子〟という地位にあったリオは、アリアが動いた結果、現在ただの〝王族〟という地位に留まってしまっている。少なくともこの点においては、〝いい結果〟になったとは言い難い状況だ。

（といっても、私がするべきことは変わらないような気もするけれど……）

とにかく、ゲーム内で起こった悲劇は、この現実では取り溢《こぼ》しなく回避すること。

悲しい出来事や凄惨《せいさん》な事件は、ゲームだからこそスパイスとして許されるのであって、現実世界では絶対に許してはならないことだ。

アリアは、この先に起こる様々な事件を知っている。明るい未来はそのままに、人々を絶望に追いやる出来事は先回りして不安要素を潰していく。

これからアリアがすべきことも、目的も変わらない。

（とにかく！　〝シオン×ユーリ〟は絶対！）

これだけは譲れないと、アリアは無意識にぐっと拳を握り締める。

最強の〝推しカプ〟を特等席で見るためにこれまで努力してきたのだ。

その努力はもちろん、これからも惜しむつもりはない。

だから。

（私に、早く〝シオン×ユーリ〟の供給を……！）

アリアが変えた未来において、これが一番の手柄だろうと、アリアは自画自賛する。

本来であればまだ少し待たなければならなかったシオンとユーリの出逢いだが、すでに運命の再会は果たされ、早速明日から二人の姿を見ることができる。

（今夜は興奮して眠れなくなっちゃいそう……！）

窓の外で光る月にちらりと視線を投げ、アリアの胸はどきどきと興奮で高鳴った。

明日から毎日のように、シオンとユーリの姿を見ることができる。それはどんなご褒美だろう。

（でも……）

改めて手元の文字へ目を落とし、アリアはゲーム知識とこれから先の未来を思う。

ゲームの中における過去で、主人公《ユーリ》は魔法の適性検査に引っ掛からなかった。

ゆえに、魔力持ちだと気づかれるのが遅れ、途中入学となった。

ただし、どのような経緯で魔力保持者だと発覚したのかはゲーム中でも語られていない。

けれど今、ユーリが無事入学式から魔法学園へ通うことになっているということの展開は、〝シナリオ〟が良い方向へ変わってきているということだと信じてもいいのだろうか。

そしてもう一つ。ユーリが魔力保持者だとわからなかった理由。

それが、今後の展開を変えていこうとする中で、一番の障害だった。

ユーリの光魔法は、王家をも凌《しの》ぐ。それは実際、ゲームの最後で遺憾《いかん》無く発動されている。

しかし、その為の代償か、ただゲームに都合の良い設定だったのか――多分後者なのだろうけれど――ユーリは、光魔法しか使えない。そして、〝自分のために〟魔法を発動させることができない。さらには、自分の思うように魔法を発揮できない。――という三重苦を背負わされている悲劇の主人公なのだ。

(だからアレやコレやソレやに狙われて、好き勝手されちゃうのよ……！)

自衛手段が全くない。それがなによりの問題だった。

(とにかく、先手先手で護っていかないと……！)

なんだか自分がヒーローになったようだと思いながら、アリアは来たる〝運命〟へと宣戦布告の瞳を向けるのだった。

＊＊＊＊＊

魔法学校初日。入学式を終えて教室の自分の席に座りながら、アリアはこっそりと溜め息を吐き出した。

(……この辺りはしっかりシナリオ通りなのね……)

発表されたクラス分けは、ユーリとシオンとセオドアが同じクラスで、アリアはその隣のクラスだった。ゲームでは、時折アリアがシオンの婚約者としてクラスへ顔を出すことがあったため、もしかして、とは思っていたけれど。

（まぁ、二人の再会シーンは既に見ているし、仕方ないわよね……）

本来であれば、途中入学となったユーリがクラスで挨拶をした時に初めて、シオンが〝想い出の少女〟を見つけることになるのだが、その再会に関してはすでに終わってしまっている。

ゲームの展開のままであれば見ることは叶わなかった再会シーンだが、その時のシオンの反応を思いがけず見ることができたのは単純に喜ばしいことではあった。とはいえ、違うクラスだということは、やはりアリアにとっては手痛い現実だ。

（クラスでのやり取りが見たいのよ……！）

シオンとユーリ。そして、セオドアとの三角関係が！

顔に出すことなく、己の欲が満たされないことに地団駄を踏んでいたアリアは、ふと横から差した影に静かに顔を上げる。

「アリア様っ」

そこには、にこやかに笑って声をかけてくるクラスメイトの少女が二人立っていた。社交界でも過去に数度挨拶した覚えのあるその少女たちは。

「……貴女方は確か……、エミリ様とクレア様？」

アリアの記憶が正しければ、二人とも伯爵家のご令嬢だ。

「覚えていてくださったのですかっ？」

「えぇ、もちろん」

嬉しそうに手を取り合う二人ににっこりと微笑みかけ、アリアはどうかしたのかと小首を傾ける。

「よければ放課後、一緒に校内を見て回りませんかっ？」

二人の目的はこれらしい。明らかに勇気を出して声をかけてきてくれたことがわかるお誘いに、断る理由もないアリアは、さらに優しい微笑みを浮かべてみせる。

「喜んで」

ゲーム内でアリアが取り巻きのようなものを連れていた記憶はないが、仲のいい女友達の一人や二人はいただろう。そう思えば友達作りも必要かしらと思い、アリアの放課後の行動は決定した。


教室の中を覗くと、窓際近くの後方の席に見知った顔があり、アリアは嬉しそうに顔を綻ばせる。

「ユーリ！」

その横にはシオン、前の席にはセオドアの姿もあったが、アリアは真っ先にユーリの元へ駆け寄っていく。

「アリアッ、……様？」

こちらも嬉しそうに満面の笑みを湛《たた》え、けれど場所が場所だということを思い出したのか、可愛らしく疑問符を浮かべるユーリに、アリアはくすりと笑う。

「アリアでいいわよ」

入学式初日に無事に再会できたことが単純に嬉しくて、チラリと隣のシオンへ視線を投げれば、それに気づいたシオンは訝《いぶか》しげに眉を顰《ひそ》めてくる。

「これから一緒に学園生活が送れるなんて嬉しいわ」

いつ来たの？　と問いかければ、一昨日から寮に入ったという。

「アリアたちは自宅から通ってるんだよな？」

「えぇ」

と。久しぶりの再会に、にこやかに会話に花を咲かせていると、ふいになにかの気配を感じ、アリアは視線だけを室内に巡らせる。

（……誰かに見られてる……？）

正直、アリアの立場上、視線を集めることには慣れている。けれど、いつものそれとはまた質の異なる視線に警戒心を誘われる。

（……あの子……？）

アリアが視線を移した途端、目が合うか合わないかのタイミングで逸らされた一人の少女の顔があった。

（……どこかで……？）

その後ろ姿を眺めながら、どこかで見覚えがある気がして、アリアは懸命に記憶を手繰り寄せる。

（気のせいかしら……？）

会ったことがあるとするならば、何度か顔を出している社交界でだろうか。

「本当に知り合いだったんだな」

「セオドア」

どうにも不確かな記憶と闘っていたアリアは、ユーリの前の席から体ごと振り向いてきた昔馴染みへ、きょとん、とした顔を向ける。

セオドアの今のセリフは、一体誰に向けられたものだろうか。

「さっき、ユーリがシオンに話しかけていたからな」

その様子が初対面に見えなかったので聞いてみたところ、アリアのことも話題に上ったのだという。

「そういうセオドアこそ」

今日が初対面のはずが、いつの間にユーリと仲良くなったのかと問いかければ、セオドアはなにを思い出したのか、可笑しそうな笑みを溢しながらメガネの縁を押し上げる。

「朝、校内で迷ってたのを拾ったんだ」

「人を犬猫みたいに言うなっ」

あまりの学園の広さに右往左往していた小さい生き物を見つけて放っておけなかったと笑うセオドアに、ユーリは恥ずかしげに顔を赤らめて声を上げる。

（……なんだかすでに仲良しなんだけど……？）

ゲームの強制力恐るべし。と内心乾いた笑みを浮かべながら、アリアは再度シオンの様子をチラリと窺う。

このままセオドアルートになってしまったらどうするのかと不満気な視線を送ったものの、シオンはこちらには興味がないかのように窓の外を眺めている。

「そうだっ、アリアも後で一緒に校内回らない？」

すでにセオドアと校内探検の計画を立ち上げているらしいユーリは、未知の世界を見て回るという小さな冒険にキラキラとした期待の眼差しを向けてくる。

「……ごめんなさい。さっき、クラスの子たちと約束しちゃって」

けれど、先ほどの約束を思い出し、アリアは残念そうにその誘いに断りを入れる。するとユーリも残念そうに肩を落とし、

「じゃあ、シオンは？」

付き合えよ。と、恐れ多くもシオンへ上からな声をかける。

（そこであっさり誘っちゃうの⁉）

ユーリの性格を考えれば、別段その態度に不思議はない。ユーリはその見た目に反してかなり男前だ。けれど、ゲーム開始当初、ユーリは珍しくもシオンに対してあまりいい印象を抱いていなかった。どちらかと言えば先に近づいてきたのはシオンの方で、付き合いを続けていくうちに段々と絆《ほだ》されていく、というような展開だった。その為、ユーリの方から積極的に関わっていく展開に驚いて瞳を向けたのだが、そこでシオンは短い嘆息を落とす。

「オレは遠慮しておく」

「……え？」

行かないの？　と、思わず断られたユーリよりもアリアの方が驚いてしまう。

愛しのユーリからのお誘いだというのに、なぜ。

犬猿の仲らしいセオドアが同行するからだろうかとも思いつつ、けれどそんなことをしていたらいつの間にかセオドアに奪われてしまうと、アリアはハラハラ二人の様子を窺った。

「前に来ただろう」

「それはそうだけど……」

チラリ、と投げられた視線は、魔法講師のルーカスに会いに来た時のことを言っているのだろう。

「でも、あの時は一部しか見てないじゃない？」

リリアンに案内されたと言っても、必要最低限のところにしか足を運んでいない。しかし、そう反論するもシオンの意見が変わることはなく、再度落とされた小さな吐息に、アリアはそれ以上のことは諦めたのだった。

カウントダウン

「そうなの。二人は寮に入ってらっしゃるのね」

「はいっ、九月に入ってすぐにこちらに来ました」

「でも、学園内のことはまだよくわかっていなくて」

放課後。気の向くままに校舎内を探索し、アリアたちは女子トークを弾ませる。

早めに寮に入った生徒同士はすでに顔見知りになっており、だから二人は仲良くなっているらしい。それでも空いた時間に学舎の方まで足を伸ばすのは今まで気が引けていたらしく、今日やっとその念願を叶えることができたという。

「寮にはゲストルームもあるので、なにかあれば是非アリア様も遊びにいらしてください」

「ありがとう」

ゲストルームまで完備されているとはさすがだと感心しつつ、アリアはにっこりと微笑みかける。

「この先にはサロンがあるらしいですよっ？」

「素敵っ」

中庭に差し掛かったところで、「いってみましょう」と声をかけられ、アリアはふと視界の端を遮った人影に不審そうに眉を寄せる。

（……今のは……）

目の端に映ったのは、数人の女生徒の姿。

その先まで足を伸ばせば人気がなくなる物陰で、アリアはありがちな展開を思って「まさかね」と心の中で苦笑する。

ここは、国内で最高ランクの学校だ。身分の高い低いは確かに存在するものの、それを表立って態度に表すような者はいない。けれど、まさかそんなことはと否定しても、嫌な汗が拭えない。

「アリア様？」

「……ごめんなさい。この後はサロンに行くのよね？　先に行っててもらえるかしら？」

ゲームでは、この時点ではまだユーリが入学していなかったため、この時期の学園の出来事など把握できていない。

自分の思い過ごしであることを祈りつつ、アリアは消えた人影の方へと足を向け――。


「なにシオン様に色目を使ってるのよっ」

「そうよっ、たかだか男爵令嬢風情がっ！」

物陰から覗いた先で繰り広げられていたお約束すぎるその展開に、アリアはくらりとした目眩を覚えて空を仰ぐ。

（あまりにも〝あるある〟すぎるわよ……！）

ユーリ視点のゲームでは、もちろんこんな現場に出くわしたりはしていない。けれど、ゲーム外で、しっかりこんな〝学園ものゲームあるある〟が繰り広げられていたとは恐れ入る。

「そうよっ」

一人の女生徒を囲む後ろ姿は三つ。

その中の一人が声を荒げ、いかにも自分たちが正論だと主張するかのように胸を張る。

「シオン様にはアリア様という相応しい方がいらっしゃるんだから！」

（私⁉）

自分の知らないところで知らない少女からまるで免罪符のように自分の名前を出され、アリアは驚愕に目を見張る。

内容がシオン絡みだということだけでも頭を抱えてしまいたいのに、そこで自分まで引き合いに出されては堪らない。

(勝手に人を巻き込まないで……!)

恐らく、一人の少女を責め立てている方もシオンのことが好きに違いない。ただ、シオンの婚約者に決まった相手《アリア》の身分を考えれば諦めるしかなく、そんな中でなんらかの理由でシオンへ接触を図った少女に嫉妬しているだけなのだろう。

そんな醜い感情のために、自分が巻き込まれたら堪らない。

「……なにをしているの?」

できれば関わりたくはない。けれど止めないわけにもいかず、アリアは物陰から足を踏み出すと少女たちへ声をかける。

「!　アリア、様……」

「いえっ、私たちはなにも……っ」

途端、焦ったように慌て出す少女たちの姿に、アリアは内心嘆息する。

まさか自分たちが引き合いに出したその人物が現れるなど思ってもみなかったことだろう。

行こっ。とバタバタとその場から背を向けた少女たちを呆れた瞳で見送って、アリアは取り残された少女の方へ向き直る。

(……あれ?　この子って……)

「大丈夫？」

見覚えのある顔に首を捻りつつ、アリアはそっとその少女へ手を伸ばす。

その瞬間。

——バシ……ッ！

と指先を振り払われ、アリアは驚きに目を見張る。

（この子、さっきの……！）

目の前の少女は、ユーリたちと教室にいた時に感じた視線の持ち主だった。俯《うつむ》いた顔は長い髪の影になってしまって表情まではわからないが、少女はぽつりと口を開く。

「……満足？」

「え？」

「本当は馬鹿にしているんでしょう？　自分より身分の低い者を見下して。お綺麗なふりして助けてみせてなんのつもりっ？」

余計に惨めになるだけよっ！　と、ふわりとしたウェーブのかかった髪を乱して、少女はキッ……！　とアリアの顔を睨みつけてくる。

大人しそうな雰囲気に反し、強気な発言をする少女にはどこか見覚えがあって……。

（そうだ……！）

そこでアリアは思い出す。

教室でこの少女を見た時のあの感覚。ざわりとしたなにかが背中を這うような嫌な気持ちに、アリアは冷たい汗が滲《にじ》むのを感じる。

シオンへ想いを寄せる、この少女は。

（ゲームの、第二の被害者――！）

シオンへ報われない激しい恋心を抱き、魔族へ身を売ってしまう憐れな少女だ。

「貴女なんて、身分だけでシオン様の婚約者になったくせにっ！」

それに気づき、アリアはどうしたらいいのかわからないまま、それでも衝動的に口を開く。

「そうね」

この少女を助けたい。その気持ちに嘘はない。

けれど歪んだ愛情そのものは許せなくて、アリアは真っ向から挑むような瞳《め》を向ける。

「その通りよ。私は王家の血を引いているから、ウェントゥス公爵にシオンの婚約者として望まれたわ」

だから、それがなに？　と、感情的になってしまうのが止められない。

上位貴族であればあるほど、そんなことは当然だ。結婚や婚約に自分の意思など関係ない。

（それでも……！）

アリアの言葉にカッとなり、少女の手が頭上高くまで伸ばされる。

パシン……ッ。

それから勢い良く振り下ろされた掌を、アリアは軽い動作で振り払っていた。

「……随分と捻くれているのね」

「な……！」

冷たい口調で言い放つと、少女の赤い唇はわなわな震えた。

「私たちの婚約は政略的なものだけれど、シオン自身が望んだわけじゃない」

苛々する。

確かに自分は恵まれた人間なのかもしれないけれど、それを言い訳に悪魔と契約していいわけがない。

「シオンは、身分なんかで人を選んだりしない。きちんとその人自身を見て判断できる人よ」

ユーリだから、好きになった。

男でも女でも、貴族でも平民でもなく、ユーリだから。

ユーリであれば、男でも平民でも関係ない。

たった一人、〝その人だから〟愛したのだ。

「バカにしないで」

シオンを好きだと言いながら、彼女の発言はシオンに対する侮辱でしかない。どうしてそれに気づくことができないのだろう。

「私だって、シオンに愛されてるわけじゃない。ただ、お互い信頼に値すると思っているから」

シオンの婚約者という立ち場に甘えるつもりはない。

ただ、対等でいたいと願う。それだけだ。

「好きなら正々堂々と立ち向かえばいいじゃない」

影で思い詰めて悪魔に魂を売らないように。

「シオンは男爵家の娘だからって貴女を見下したりしないわ」

自分の身分を一番見下しているのは少女自身に他ならない。

勝手に望んで、勝手に絶望して。

そんなことは許さない。

「私は、貴女を応援したりはしない。だけど、邪魔する気もないわ」

こんな時になにをと思われても譲れない。

アリアの望みは、シオンがユーリと幸せになることだ。

「勝手に傷ついて勝手に失恋するくらいなら、しっかり想いを伝えて振られなさいよ」

酷いことを言っているのはわかっている。

それでも。

「シオンのことが好きだと言うなら、誠実であって」

一人、思い詰めることだけはないように。

悔し気にこちらを睨み付けてくる少女を前に、自身の中にあるいろいろな矛盾を抱えながらも、
アリアはこの少女がどうか暴走することがないようにと、強く唇を噛み締めていた。

＊＊＊＊＊

「アリアって、カッコいいな」

物陰から、そんなアリアたちの遣り取りを覗き込み、ユーリが口笛でも吹きそうな口調で感心する。

こちらも校内散策をしている途中、一人で歩くアリアの後ろ姿を見つけて声をかけようと追ってきたところだった。

「俺の自慢の幼馴染みだからな」

そんなユーリにくすりと笑い、セオドアは幼馴染みのピンと張った後ろ姿に眩し気に目を細める。

手を上げられそうになったアリアの元へ、思わず助けに入ろうとしたユーリを止めたのはセオドアだ。

「もしかして……」

と、ユーリがセオドアのその発言に深読みしてなにか言いかけるのを、セオドアは慌てて遮った。

「違う違う。アイツはシオンの婚約者だからな」

セオドアにとって、アリアは幼馴染みで、可愛い妹のような存在であって、恋愛対象などではない。

そしてセオドアのその反応に、ユーリはそういえばそうだったと思い出し、肩から大きく息をつく。

「なんか、貴族って大変だな」

オレにはさっぱり理解できない世界だと言い切るユーリに、セオドアが思わず苦笑いを漏らす。

こんなふうにはっきりと物を言う人間は、そうそうお目にかかることはないだろう。しかも、全く悪気がないところが、いっそ清々しくて気持ちがいい。

「まぁ、アイツらが好き合っているかといえばどうかは知らないが」

いわゆる政略結婚ってヤツだしな。とセオドアは肩を竦《すく》めてやれやれと息をつく。

「でも、少なくとも信頼はし合っているような気がするけど」

先ほどの、アリアのシオンに対する絶対的な発言を鑑みれば、少なくともそれだけは断言できる。

その絶対的な信頼は、一体どこから来るのだろう。そう思えば少しその関係を羨ましくも思ってしまう。

「まぁな」

それを肯定するかのようにセオドアが苦笑を漏らし、遠い空を眺めていた。


また、そこから少し離れた樹木の下。

どこからも見えない死角にあった黒い影が、背後の木に背中を預けたまま深い溜め息を吐き出していた。

mission1 幼馴染みの少女を救え！

ユーリは、幼い頃から友達がたくさんいた。その中でも、特に彼女と親密だったのは、彼女が家庭の事情でユーリの家に預けられる機会が多かったからだ。

商いをしているユーリの家には入れ代わり立ち代わり誰かがやってきていて、いつも来客者で賑わっていたから、子供の一人や二人増える程度のことはたいした負担にならなかったのかもしれない。

そうして周りが大人ばかりという環境に置かれれば、必然的に二人の距離は近づいていき、幼い好感はいつしか淡い初恋に変化していった。

ユーリにとっては、妹のようであり、姉のようでもある存在。一番身近にいる女の子に惹かれてしまっても当然だろう。

それでも、明確に〝恋〟と呼べるほどかと言えば、そこまでの熱があるわけでもなく……。

魔法学校へ入るために、実家から――、少女から離れてすぐ。ゲーム最初の事件は、ユーリにその幼馴染みの父親から手紙が送られてくるところから始まった。

娘が家出をした、と。

そして、少女はユーリに会いに来る。

「話したいことがあるから後でここに来て」と。

約束通り指定された時間にその場所へ行ったユーリは、そこで冷たくなった少女と再会することになる。

ゲームでは、「幼馴染みの真意を探れ」的なタイトルのミッションだった。なぜ「救え」ではないのかと思ったが、結末を知り、多くのプレイヤーがその意味を理解することになった、ゲーム開始直後の衝撃イベントだ。

そしてそのイベントの中で登場するのが、媚薬作用を持つ触手のような生き物だ。

お約束通りユーリはそれに捕らえられ、シオンに助け出されるわけなのだが。

『辛いのか……？』

身体の奥底から湧き上がる熱に苦しむユーリに、シオンが声をかけ……。

『辛いのなら、今、楽にしてやる……』


（いやぁぁ〜〜！）

思い出し、今自分がいる場所も忘れ、アリアは歓喜の悲鳴を上げる。

ここは、教室。しかもミーティングの最中だった。

（やだ！　あのシーンを生で見られちゃうかもしれない⁉）

嫌と言いつつ、その顔は嬉しそうに口元が緩み、熱で頬が赤く染まる。

（違うのよっ、違うの！　そうじゃなくて！）

一体誰に言い訳をしているのか、そこでハッと我に返ったアリアはぶんぶんと首を横に振る。

それからそっと周りの様子を窺って……。誰も今のアリアの百面相には気づいていないことを確認していると、一人の少女と目が合った。

（！）

どことなく不審そうな眼差しを向けてくる少女に息を呑み、次いで何事もなかったかのように鉄壁の微笑みを浮かべてみせる。

まるで、今のアリアは目の錯覚だったかと思わせるように。

ゲームはまだ始まってもいない。こんなところで躓く《リタイアする》わけにはいかないのだ。

（とにかく、ユーリの幼馴染を助けないと……！）

放っておけば、ユーリを誘《おび》き出すための餌として、魔の手に囚われて殺されてしまう。

最初の犠牲者を救うために、しなければならないこと。

（絶対に、助けてみせる――！）

キツく手を握り締め、アリアは来たるゲーム開始へと挑むような瞳を向けていた。

＊＊＊＊

九月半ばの、桜の花弁がすっかり舞い落ちた頃。

「……ユーリ。なにかあったの？」

なにやら物思いに耽《ふけ》るユーリの変化を敏感に感じ取り、アリアはユーリへ心配そうな瞳を向けていた。

「アリア……」

ゲームとは違い、今やすっかりアリアは隣の教室へ入り浸っている。もちろん目的は婚約者であるシオン……ではなく、ユーリだ。

「……」

なにかを考えるように視線を落として俯くユーリに、アリアは言いたくないなら話さなくても、と声をかける。

するとユーリは否定の方向へ軽く首を振り、「実は……」と口を開いていた。

「幼馴染みが家出をした、って連絡があって」

「……！」

まさに、ゲーム通りの展開。

アリアは次に取るべき行動を瞬時に計算しながら、その先のユーリの言葉を待つ。

「……それで、どうするんだ？」

「セオドア」

けれど、二人の話を前の席から聞いていたセオドアが優しい表情でユーリを窺ってきて、ユーリは唇を噛み締める。

「……一度家に戻ろうかどうか悩んでるんだけど……」

自分が戻ったからといってなにかが変わるわけでもないが、とりあえず様子だけでも見てこようかと、ユーリは週末の予定を決めかねている空気を醸し出す。

「もしかしたら、オレを頼ってくるかもしれないし……」

ユーリがこの学園に来たことは幼馴染みも知っている。だからもし行き先に悩んでいるならユーリを頼って来るかもしれないと、そう手紙にもあったと言って、ユーリは不安そうに大きな瞳を揺らめかせる。

「……すぐに帰ってくるといいな」

なにも知らないセオドアが、ユーリを勇気づけるようにその肩へぽんっ、と手を置いて優しく微笑みかける。

「うん……」

それに小さな笑みを返しながら、ユーリは行方不明の幼馴染みへ思いを馳《は》せるかのように遠いどこかを見つめていた。


「シオンッ、ちょっと付き合って」

「……なんだ一体」

放課後。教室にユーリの姿がないことを察したアリアは、思わず舌打ちしたい気分になりながら、恐らく図書館にでも向かおうとしていたのであろうシオンを引き留めた。

「いいからっ」

いつになく強引に腕を引いて先を急ぐアリアの姿に、さすがのシオンも不審そうな顔をする。

そうしてしっかりと腕を掴んで歩く二人の姿を目に留めた生徒たちからざわざわとした気配が生まれていたものの、この後の展開で頭がいっぱいになっていたアリアは、そんなことを気にする余裕はない。

（……ユーリは……）

もし、ゲームと同じように外から呼び出されていたのなら、ユーリは学園の校門近くにいるはずだ。

（いた……っ！）

そうして確かな目的を持ってきょろきょろと視線を巡らせていると、アリアの予測通りの場所に、ユーリともう一人、幼馴染みと思われる少女の姿があった。

なにを話しているのかは聞こえない。

恐らくシナリオ通りの会話をしているのだろうと思いつつ、さすがにそんなに細かなところまでは憶えていない。

「……一体なにを……」

「気になるでしょ？」

思わず死角になる位置へ身を隠しながら様子を窺うアリアへ、なにかを諦めたようなシオンの小さな嘆息が溢される。

「……ここからじゃ聞こえないわね」

悔しそうにそう呟けば。

（風魔法……！）

ふんわりとした風が耳元を擽《くすぐ》って、アリアはシオンの方へ振り返る。

（さすがシオンッ。こんな方法もあるのね）

自分で魔法を駆使しておいて、シオンからはまた一つ、呆れたような溜め息が落とされる。

「……に来てほしいの」

「わかった」

風に乗って聞こえてきた会話の内容に、アリアは身を引き締める。

「ありがとう！　待ってるから」

どこかほっとした様子の笑顔を見せ、少女はその場を去ろうとする。

肩口で切り揃えられたストレートの髪が舞って、ユーリがその姿を見送るように手を振った。

「行きましょ」

そんな二人の様子に迷うことなく足を踏み出すアリアへ、もう反対の言葉も失ったのか、シオンは何度目かの溜め息をついてアリアにされるがままになる。

「ユーリ!」

「! アリアッ?……シオンも」

突然背後からかけられた声に驚いたように目を白黒させ、ユーリはアリアとその後ろにいるシオンを交互に見遣る。

「追いかけるわよ」

「え?」

ここで悠長に話している余裕はない。

アリアはユーリの背中を押すようにして歩き出すと、遠くなりつつある少女の後ろ姿を確認する。

「……え……、でも、約束……」

きちんと後で会う時間を決めてあると戸惑いの色を浮かべるユーリの瞳を、アリアは正面から受け止める。

「時間まで待って手遅れになったら本末転倒よ」

「手遅れ、って……」

少女に気づかれないよう、早足ながらできるだけ静かにその後ろ姿を追って、アリアはユーリの方へ振り返る。

「ユーリだって気づいているんじゃないの？」

曲がり角。少女の姿を見失わないよう、けれどこちらを気取られぬよう細心の注意を払いながら、アリアは壁の向こうを覗き込む。

「……闇魔法の気配がしたわ」

すぐそこの角を再び右へと折れたことを確認し、アリアは小走りになりながら秘《ひそ》かに告げる。

「！」

途端、シオンが小さく息を呑んだ。

光属性の潜在能力が高いユーリは、この時点で無意識にでもなにか嫌な予感がしているはずだと、この時のシナリオからアリアは推測する。

同じく光属性が弱くはないはずのアリアは、その実なにも感じられなかったのだが、ここは嘘も方便だ。アリアの方がシオンよりも光属性に関しては優れているから、シオンにはわからない言い訳にはなる。

ゲームでは、ここで嫌な予感を覚えたユーリが、時間まで学園内をうろうろし、偶然魔道具の部屋の鍵を見つけて武器を拝借してみたり、不審な動きをするユーリを図書館帰りのシオンが見つけて後を追ったりする流れになるのだが。

そんな過程は全てスキップしてしまう。

「これ、渡しておくわね」

そう言ってアリアは、懐から使い勝手の良い小振りのナイフを取り出した。

「なん……っ⁉」

「護身用よ。魔力が込められているから、多少の魔法なら対抗できるわ」

いきなり手渡された物騒なものに目を見開くユーリへ、アリアは冷静に説明する。

「なんで……」

「お父様に頼んで護身用に貰ったの」

本来ならば、万が一にとユーリが学園内からこっそり持ち出す流れだが、アリアはすでにそれを先回りしていた。実際ゲーム中でそれが役に立ったかどうかは記憶にないが、攻撃も護身の魔法も使えないユーリにはあった方がいいだろう。

本当ならば、ユーリを置いてシオンと二人で向かう方がベストなのだけれど。

（まぁ、本当に危ないイベントならそうした方がいいわよね……）

これからもっと危険が増してくるであろう展開を思って、アリアはそんな思案をする。

恐らく、現時点でのシオンの実力は、ゲーム内でのこの時のものよりも遥かに上を行っているはずだ。しかも、ゲームではこの場にいなかったアリアもいる。

（そのために今まで力を磨いてきたのだもの……！）

絶対に少女を失ってはならないと再度誓いを立て、アリアはその後ろ姿が消えた道の角を曲がると……。

（見失った……！）

どこにも見えないその影に、アリアは頭から血の気が引いていくのを感じる。

（……どうしよう……！）

少女が最終的に行き着く場所はわかっているが、先回りした方がいいのだろうか。

上手く回らなくなった思考の中でぐるぐると彷徨ってしまう。

「……こっちだ」

そこへ差し出された救いの手は。

「シオン？」

「風だ。気配がする」

「！」

なにかを窺うような様子を見せながら確かな足取りでどこかへ向かうシオンを見て、アリアは安《あん》堵《ど》から力が抜けそうになってくる。

「さすがシオン」

それだけで、アリア自身が気づかずに背負い込んでいた緊張感がいい意味で解けていく。

もう、大丈夫。

そう確信できるのはなぜだろうか。

「行くんだろう？」

そうして見えてきた町外れの雑木林。

シオンの問いかけにこくんと一つ頷いて、アリアはその先へと足を踏み出していた。

足元に茶色い地面の広がる雑木林。背の高い若木が多いせいか鬱蒼《うっそう》とした雰囲気はなかったものの、辺りに人の気配はなく、どことなく寂しい場所だった。

「ルナ！」

「ユーリ⁉」

そこに響いたユーリの声に、少女の瞳が「なぜここに」とばかりに驚きで大きく見開いた。約束より遥かに早く現れたという点はもちろん、指定した場所とは異なる場所でのすぐの再会に、ユーリが後を付けてきたことくらいは察しがついたに違いない。

「ルナの様子がおかしかったから気になって」

ごめん。と約束を反故《ほご》にしたことには素直に頭を下げ、けれどユーリはしっかりとした双眸《そうぼう》を少女へ向ける。

「ルナ。オレになにか隠してる？」

雑木林の入り口から少し奥へと入った拓けた場所。

誰かと落ち合う予定でもあったのか、そわそわとした様子を見せていた幼馴染み――ルナの方へ歩み寄り、ユーリはその真意を探ろうと顔を覗き込む。

「……そんなことは……」

ルナの瞳が、明らかな動揺を示して揺れた。

どこか思い詰めたような様子を見せるルナへ、ユーリは真摯《しんし》な瞳を向ける。

「話してみてよ。オレにできることなら力になるから」

「……ユーリ……」

己の行動に迷いがあるのだろう。

ルナの感情が揺れ動いているのが明確に感じ取れ、アリアは二人の遣り取りを静かに見守る。

「実は……っ！」

そうして今にも泣き出しそうな顔を上げ、意を決したようにルナが思いを吐露しかけた時。

「おやおや」

「！」

ふいに死角から現れた不気味な影に、ルナの身体がぴくりと震えた。

「……誰？」

不審そうなユーリの声が響く。

中肉中背の、一見しただけならば柔らかな笑顔が似合いそうな好青年は、けれど溢れ出る雰囲気はどこまでも不気味なものだった。

本能的に不穏な空気を察したのか、ピリリとした空気を纏ってユーリはルナへ問いかける。

「ルナ？」

「先生……っ！」

「……〝先生〟？」

胸の前で手を組んで、ルナの肩は怯《おび》えるように震えた。

「……あのっ、これは……っ！」

違うんです……っ！　と縋《すが》るようにふるふると首を横に振るルナを冷たい瞳で一瞥《いちべつ》し、「先生」と呼ばれた男は大袈裟な仕草でやれやれと吐息を零す。

「きちんと約束は守っていただかないと困りますねぇ……」

ルール違反ですよ？　と、おどけた口調で主張するのは、ユーリがアリアたちを伴って来たことに対してか、約束には早すぎる時間に対してか。

恐らくそのどちらもなのだろうが、アリアはユーリとルナの二人から男の意識を逸らすべく、「あら？」とわざとらしく口を開く。

「時間は早かったかもしれないけれど、ユーリはその子に一人で会いに来るという約束を破ったりはしてないわ？」

「それは、どういう意味かな」

お嬢さん？　と意味ありげな瞳を向けられて、アリアはにこりと微笑んで見せる。

「だって、私たちは貴方に用があって来たんだもの」

ルナのところに来たのはユーリ一人で、アリアとシオンの二人は男に用事があってきたのだからと、これらは別件だと主張してみせるアリアに、男はくつくつと可笑しそうに喉を鳴らす。

「なるほど」

これはしてやられたね。と悔しさなど微塵も見せずに笑う男に、その実ずっと隙を窺っていたアリアは、間髪入れずに魔力を練り上げる。

「光《ライティング》よ！」

「んな……っ⁉」

その瞬間。目も眩むような光が眼前に出現し、完全に不意打ちの攻撃に、視界を奪われた男は己の目を庇うように腕で目元を覆う。

それと同時に宣戦布告ともなる結界を発動させることも忘れない。

「シオンッ！」

正体不明の不気味な男。

まずしなければならないことは、その男のすぐ近くにいるルナをこちら側へ引き寄せることだ。

そしてすぐにそれを察したシオンは、風魔法を己に行使すると、それこそ風の速さでルナをその男の元から引き離す。

「ちっ……」

なにかあれば人質に使おうと思っていたのであろう少女を奪われ、男の口から焦りとも取れる舌打ちが漏れる。

「ユーリ！　お前はその女といろ」

少しばかり手荒い動作でルナをユーリへ押し付けて、シオンはすぐに臨戦態勢へ移行する。

「防御は任せて！」

そしてそんなシオンへ一歩引いた位置から声をかけ、アリアもまた男へ対峙する。

チラリとアリアへ視線を投げたシオンの表情が一瞬顰《しか》められ、けれどシオンは咎めることなく、全く……、といった様子で不承不承アリアの行動を了承する。

「逃がさないわ！」

ゲームでは、シオンはユーリを守りながら戦うことに手一杯で、最終的にこの男を取り逃がしていた。

（そうはさせない……！）

その結果、待っているのは第二の被害者――、先日の、シオンへ片想いをする少女の死だ。

ユーリを手に入れるべく、シオンに想いを寄せる少女の恋心を利用して、男は二度目の悪事を実行に移すのだ。

ゲームでは、シオンはユーリを守りながら一人でこの男に立ち向かっていた。けれど、この現実は違う。殺されているはずの少女はこうして生きており、共に戦うことのできるアリアもいる。

全てを守るために。そのためにこの三年間があったと言っても過言ではない。

「くそ……っ」

分が悪いと感じたのか、応戦する様子もなく一歩二歩と後ずさる男の行動に、アリアは逃してなるものかと意識を研ぎ澄ませる。

だが、チラリ、と男がルナへ視線を投げ、指を鳴らすような仕草をした直後。

「ルナ……⁉︎」

驚いたようなユーリの声が響き、それにつられて思わず背後へ振り返ってしまう。

するとそこには、気を失ったかのようにユーリの腕の中へ倒れ込んだルナの姿があった。

(なにが……!?)

一体なにが起こったのか理解できずに、アリアの中に動揺が生まれる。

そしてそれを、男が見逃すことはない。

「っ！」

一瞬にして退路を確保した男が踵《きびす》を返し、雑木林の奥へと消えていく。

(させない……っ！)

ハッとして、すぐに追跡の体勢を取ったアリアに、シオンの制止の手が伸ばされる。

「待て」

「シオン……！」

ここで逃すわけにはいかない。

縋るような瞳でふるふると首を振るアリアを見下ろして、シオンは一つ吐息を落とすと男が消えた方向へ鋭い視線を投げる。

「オレが行く」

ふわっ、と風が舞い、シオンの身体を押し出すかのような流れが生み出される。

「お前たちはここにいろ」

言うが早いかアリアの前からシオンの姿が消え、風が吹き抜けた木の葉の残骸だけが残される。

「……シオン……」

お願い。と祈るように胸元を握り、アリアは唇を噛み締める。

このままあの男を取り逃してしまえば、今度はあの少女に危険が迫る。

結局はなにもできずにただシオンに祈るだけしかできない自分が悔しくて堪らない。

(なんのために……っ！)

自分は、今までなんのために周りを巻き込んでまで動いてきたのか。

悔しくて、悲しくて、爪が食い込むほど強く手を握り締める。

と……。

「アリア……ッ！」

ふいに裏返ったユーリの叫び声が辺りに響き、アリアはハッと我に返るとユーリの視線の先へと顔を向ける。

(なんで……！)

先ほど男が消えた林の奥とは逆方向。

にゅるにゅると、まるでソレ自身が意思を持った生き物のように蠢《うごめ》く暗い影が、木々が重なり死角になっていた樹木の後ろから姿を現した。

(順番が逆じゃない……！)

本来であれば、まずユーリを確実に捕らえるために仕掛けられた罠のはずが、アリアたちが予定外に早く動いてしまった為に、遭遇が逆になってしまったのか。

にゅるにゅると不気味な気配を纏わせて、まるで自在に動くことのできる木の根を思わせる触手がアリアたちへ迫ってくる。

（……逃げる⁉）

動きは決して速くない。

ゲームのように罠として不意をつかれるようなことがなければ、充分に逃げられる速度だ。

（でも……）

気を失ったルナをユーリと二人で抱えながら、果たしてそれが可能だろうか。万が一にも、そのまま町まで辿り着いてしまったら、大変な騒ぎになってしまう。

ならば、ここで消し去るしかない。

攻撃特化の火系統魔法で燃やしてしまうのがベストだが、生憎《あいにく》アリアは火属性とは相性がいまいちだ。

（だったら……！）

水と空を掛け合わせ、凍らせることはできるだろうか。

「氷の槍《アイスアロー》よ……！」

言の葉は力。魔法行使に呪符は必要とされないが、言霊の力を持ってアリアは魔力を組み上げる。

この奇怪な生き物に触ることも、その液体に触れることも許されない。触れたが最後、どんな目に遭わされるかはゲームでよく理解している。

迫り来る触手を一本一本確実に凍らせて無効化しながら、アリアはふと今後の展開を思って眉を寄せる。

（……媚薬効果……？）

気になるのはその効用。

そんな薬は恐らくルークの手元にもないだろう。

（……なんとか持って帰れないかしら……？）

この生き物そのものではなく、液体だけ持ち帰るいい方法はないものかと、アリアは高速で頭を回転させる。

その間も触手の先を伸ばしてくるソレへ応戦しつつ、ぐるりと辺りへ視界を巡らせる。

樹木が不気味に動いているようなソレは、一本の太い幹のようなものから多数の触手を生やしている。

（もしかして……！）

妖しい粘着性のある無色透明な液体は、ひたひたと触手から滴り落ちている。

もしかしたらどこかに原液の入った部位があるのではないかと考えたアリアの視界に、それらしき袋のようなものが見えた。

（これを、袋ごと氷みたいにして持ち帰れないかしら？）

ほぼ全ての部位を凍らせることに成功し、動きを止めたソレにほっと一息つきながら、アリアは不気味に蠢く臓器のような袋を見上げて観察する。

「シオン……！」

と、背後から聞こえたユーリの声に、

（もう戻ったの……⁉）

思わずシオンの存在を確認しようと、一瞬、目の前のソレから意識を逸らしてしまったその刹那。

「……っ！」

臓器のようなソレから細い触手のようなものが伸び、その先がアリアを狙って透明な液体を吐き出すのと。

「氷の槍《アイスアロー》よ！」

アリアが慌てて魔法を発動させるのと。

「アリア……ッ！」

後方にいたはずのユーリの焦燥の声がほぼ耳元近くで聞こえるのが。

――パシャン……ッ！

全て同時の出来事だった。

「……ユーリ……？」

反射的に目を閉じていたアリアは、その瞬間自分が誰かに腕を取られていたことに気づいてすぐに顔を上げる。

何事もない自分。

魔法を放った瞬間腕を引かれたアリアは、〝誰か〟と自分の位置が入れ替えられていたことを知る。

咄嗟にアリアへ手を伸ばし、アリアを庇ったのは。

「ユーリ！」

「大丈夫。ちょっと濡れただけだから」

なんだこれ？　と、顔についた液体を不快そうに手で拭い、ユーリはアリアを安心させるかのように小さく笑ってみせる。

（く、口……！　口に……っ！）

僅かな量だが、口元まで滴り落ちたそれに、アリアは動揺を隠せない。

あくまでアリアの推測に過ぎないけれど、恐らくそれは。

（純度百パーセントの原液じゃ……っっ⁉）

これがゲーム通りの生き物であるならば、少量とはいえそれを口にしてしまったユーリは。

（きゃあぁぁぁぁ⁉）

途端。

とろん……、と焦点が溶けていくユーリの瞳に、アリアは心の中で絶叫する。

まさかの、この展開は。

（嘘でしょ……⁉）

「……ア、リア……。シ、オン……」

熱くなった呼吸に苦し気に胸元を押さえて息を吐き出しながら、ユーリはなにかに耐えるかのように唇を噛み締める。

「どうした」

「シ、オン……ッ！」

崩れかけたユーリの傍へ歩み寄り、シオンが膝を折ってその顔を覗き込む。

「……辛いのか？」

（え……。ちょっと待って……⁉　この展開……っ⁉）

やり場のない熱を抱えて苦しむユーリへ、シオンの低い声がかけられる。

それに顔を上げたユーリの瞳が、縋るようにシオンの顔を見つめて。

（きゃぁぁぁっ⁉）

その壮絶な色香に、むしろアリアの方が真っ赤になって、口元を押さえながら歓喜の悲鳴を上げてしまう。

ユーリのこんな姿を見てしまったら。シオンでなくとも理性を抑えるのは難しいだろう。

「今、楽にしてやる」

（いやぁぁぁ……っ！）

ゲーム通りのその展開に、アリアは歓喜の悲鳴が上がってしまうのを止められない。

え、ここで？　私もいるのにここでしちゃうの？　と、期待でドキドキ高鳴る胸の音が煩わしい。

……のだが。


ふわぁぁ……っ。

ユーリへ翳《かざ》したシオンの掌から異常回復の魔法が紡ぎ出され、アリアは途端、無理矢理冷静さを

取り戻させられていた。

（……そうよね、そうなるわよね……）

正直に言えばものすごく残念な気持ちだが、この展開ならばこれが一番当たり前の選択肢だろうと、アリアの肩はがっかりと落ち込んだ。

ゲームでは、男への応戦に魔力の殆《ほとん》どを使い果たしてしまったシオンにユーリの状態をすぐに回復させる術はなく、魔力が回復するまでの時間稼ぎとしてユーリと〝そういう〟展開になったりしたわけだけれども。

実際は、まだ魔力に余裕がある上、もはや魔力回復の薬すらある。

（だからゲームには魔力回復薬《MPポーション》がないのよ……！）

ゲーム開始直後のため、レベル上げもほとんどできないまま敵へと挑み、結果、追い返すことはできたものの、どう頑張っても魔力の殆どを使い切ってしまうという、それはそれはよくできた設定だ。

（……仕方ないわよね……）

とはいえ、ゲームの強制力を思い知らされる結果ともなったこの展開に、アリアは新たな決意をさせられることになるのだった。


「……どう？」

「気を失っているだけだ」

ぐったりと倒れ込んでいるルナの全身を観察し、不安そうに向けられたユーリの瞳に、シオンは冷静に回答した。

恐らくだが、ルナの中へ寄生させていた闇魔法を強制的に引き剥がしたための副作用のようなものだろうと説明し、シオンは小さく息をつく。

人質を手離そうとして行ったものではなく、こうなることがわかっていて、アリアたちから一瞬の隙を作るためにやむなく闇魔法を解いたのだろうとシオンは推測した。

「……シオン。あの男は……？」

そういえば、とシオンに問いかければ、

「取り逃がした」

見失ってしまったと、悔しげな低い呟きが漏らされる。

「……そう……」

やはり、根本的なゲームの展開を覆すことは難しいのだろうかと、アリアはこの後のことを思って一人唇を噛み締める。

（今度はあの子を救わなくちゃ……！）

ぐっ、と、アリアの綺麗な手が無意識に握り締められる。

そうしてアリアが新たな決意を胸に固めていることなど知るはずもなく、シオンは心配そうに幼馴染みを見つめているユーリへ視線を向ける。

「……ユーリ。お前は魔法も使えないくせに前に出るな」

少し落ち着きを取り戻し、だからこそ先ほどのことを思い出してキツい口調になるシオンに、ユーリはしどろもどろになって大きな目を泳がせる。

「えと……、つい、反射的に……」

さっきお礼は言っただろーっ？　と反論しながらも、己の分が悪いことがわかっているユーリは、大人しくシオンの説教を受け入れる。

けれど。

「アリア。お前もだ」

今度はその矛先が自分へ向けられて、アリアは思わず目を見張る。

「え……っ？」

（……私!?　私も怒られるの!?）

一体自分がなにをしただろうかと高い位置にあるシオンの顔を見上げ、アリアは若干の苛立たしささえ感じるシオンの雰囲気《オーラ》に息を呑む。

「無茶をしすぎだ。なにを考えている」

「……え……っ、そ、それは……」

真っ直ぐ向けられる鋭い視線に、思わず逃げるようにチラリと後方へ目を向ける。

そこには、もはや凍りついて動かない、例の不気味な生き物の成れの果てがあった。

「……ちょっと気になって……アレを氷みたいに凍らせて持って帰れないものかと……」

「……」

言い訳のように告げられた言葉に、シオンは今度はまたなにを考えているのかと呆れたような空気を滲ませながら、理解不能だというように口を開く。

「……催淫作用のあるアレに興味があるのか？」

「なん……っ？」

確かに、言葉にしてしまえばそうであって、それには違いないのだけれども。

「……ちが……っ！」

なんだかそんな言い方をされてしまうと、まるで違う意図のように聞こえてしまい、アリアは真っ赤になってふるふると小さく首を振る。

「……っ。とにかくっ！　ルークのところで調べてほしいことがあってっ！」

なんとか言葉を絞り出すと、シオンは大きく息を吐き出した。

「……オレがやるから大人しくしていろ」

そうしてシオンは、出現させた竜巻のような風の刃でソレを修復不可能なレベルまで切り刻み、アリアの望んだ部位だけを綺麗に凍らせたまま、ルークの元へ運ぶことになるのだった。

その後。シオンが呼んだ馬車に乗り込み、アリアたちはアクア家へ向かっていた。

「ユーリはこの後どうするの？」

未だに目を覚ます様子の見えないルナの顔を見守りながら、アリアはユーリに問いかける。

「うん……」

寮に連れ帰るわけにもいかないし。と困ったように笑うユーリに、アリアは自分の家に来るかと言いかけて口を噤《つぐ》む。

ついつい忘れてしまいがちだが、ユーリは男だ。ルナも一緒かもしれないが、連れて帰ったりなどしたら家中大騒ぎになってしまう。

「……とりあえずお前はその幼馴染みを連れて家に来い」

「えっ……」

相変わらず感情の読めない淡々とした口調で向けられたシオンの言葉に、ユーリが「いいのっ？」と嬉しそうに瞳を輝かせる。

思わず「私もっ」と言いたいところではあるけれど、自ら他人様の家に泊めてほしいとも言い出しかねて、アリアはそっとシオンの顔を窺った。

「お前はこのまま送るから帰れ」

「……っ」

すると、アリアの意図を察したらしいシオンから冷たい視線を送られて、アリアはきゅっと唇を引き結ぶ。

（それは仕方ないけど……っ！）

拗ねたようにうっすらと潤んだアリアの瞳が逸らされて、シオンからは呆れたような溜め息が吐き出される。

「いくら婚約しているからといっても、心配するだろう」

「え……？」

家族はいても男の家に一人で外泊するなどなにを考えていると指摘され、アリアはそこで初めて気づいた様子で瞳を瞬かせる。

（……意外……）

そういったことを気にするタイプだとは思わなかったため、思わずまじまじとシオンの顔を眺めてしまう。

ユーリもルナもいるけれど、アリアの家族にとってはそんなことは関係ない。仮にも公爵令嬢のアリアが婚約者とはいえ異性の家に外泊するなど、アリアを溺愛する父や兄たちが知ったら大騒ぎするだろう。

そんなふうに考えていると、

「……う、ん……」

と、ルナが小さく身動ぎをした。それにユーリが瞬時に反応し、

「ルナ!?」

「ん……」

呼びかけに、ピクリと瞼《まぶた》が小さく震え、うっすらとその瞳が開いていく。

「……ユー、リ……？」

起きたての、まだ夢現《ゆめうつつ》な様子で辺りへ視線を巡らせて、それからハッと思い出したようにルナは慌てて身を起こす。

「私……！」

「ルナッ、そんな急に起きたら……」

「ユーリッ、私……！」

ここは？　と言いたげにユーリの顔を見つめながら、まだ安静にするようにと促すユーリの手を押し退けて、ルナは華奢な身体を小さく震わせる。

「私……っ」

「……もしかして、おばさんになにかあった？」

男に向かって「先生」と呼んでいた。

それで察するものがあったのか、ユーリは真っ直ぐルナの顔を覗き込む。

「……あの人……、〝先生〟は……」

高い魔力と不思議な力を持つ医者だと紹介され、引き合わされたのだという。

ルナの母親は昔から身体が弱かった。それが最近、とても顕著になり、縋る思いで男を頼ってしまったらしい。

「治せるかもしれない、って、言われて……」

ただ、それはとても高額で。

なぜかユーリに紹介してほしいと頼まれた。

男の目的はわからない。

きっとよくないことを企んでいると気づきつつ、それでもわからないふり、見ていないふりをした。

「……ごめんなさい……」

大切な幼馴染みを利用しようとした。

ユーリが優しいことをわかっていて、気づいていないふりのまま、そこに付け込もうとした。

「いいよ。結局無事だったんだし」

肩を震わせ、大粒の涙を溢しながら俯くルナの告白に、ユーリは驚くほどあっさりと気にしていないと笑顔を見せる。

「ていうか、結局アイツ、なんだったんだ……？」

男の目的がわかっていないユーリからしてみれば、その脅威を正確に理解することは難しいだろう。

これが始まりに過ぎなくて、これから先、もっと強大な悪意に自分が狙われていくことになろうとは。

「……ユーリ……」

「だから、気にするなって」

アリアの知識からすると、確かユーリは幼馴染みの少女に淡い恋心を抱いていたはずだが、それをどうにも読み取れない明るい笑顔に、アリアは内心小首を捻ってみたりする。

アリアの隣では、シオンが「お前は甘いな」とでも言いたげに吐息を零していて、ユーリに対するその反応に、思わず口元が緩んでしまう。

「ルナ、と言ったかしら?」

二人の世界に入っているところを申し訳ないと思いつつ、アリアはルナの方へ向き直る。

「お母様がよくなるかどうかはわからないけれど……」

あの男は医者ではない。

もしかしたら、ルナの母親の病状悪化そのものが、あの男の手によるものだということもある。

「私が責任持って最高位のお医者様を紹介するわ」

これ以上、ユーリの幼馴染みを巻き込めない。

これ以上、傷つけたり哀しませたりしたくない。

「アリアッ」

その申し出に、ユーリの瞳が驚いたように見開いた。

「……っ、ありがとう……!」

安堵からか、再び流れ落ちた少女の涙に動揺するユーリの姿を眺めながら、なにかもの言いたげに、けれどもはや諦めたらしいシオンの瞳と目が合って、アリアはにっこりと微笑んだ。

＊＊＊＊

「アリア……ッ!」

「おはよう、ユーリ」

次の日。教室へ向かうアリアの姿を見つけて走ってきたらしいユーリは、「おはよう」と息を整えながら挨拶を返し、それから満面の笑みを浮かべた。

「アリア、昨日はありがとな！」

結局なにが起こっていたのかは不明のままだが、とりあえず助けてもらったらしいことと、それよりもなによりも、ルナの母親へ医者を手配してくれたことに感謝して、ユーリはルナの分もと感謝の気持ちを口にする。

「そういえば、ルナは？」

「朝一で帰したよ」

本当はアリアに直接お礼とお別れを言いたかったらしいのだが、学校に連れてくるわけにもいかず、シオンが用意してくれた馬車に乗ってすでに帰路についたという。
二、三日中には、アリアがルークを通して頼んだ最高クラスの医者が、ルナの母親の病を診てくれることだろう。
（……結局は人頼みになっちゃったけど……）

アクア家お抱えの医者に頼んでもよかったが、やはり最高位となればルークの顔が頭に浮かび、ついつい甘えてしまった自分に少しだけ溜め息を零してしまう。

「シオンッ！」

ウェントゥス家から一緒に登校してきてはいたのだろうが、恐らく先に走ってきてしまったのであろう、遥か後方からゆったりとした足取りで追いついてきた長身へ、ユーリは眩しいばかりの笑顔を向ける。

「お前ら、本当にいいヤツだなっ！」

「……！」

「きゃ……っ？」

高い位置にあるシオンの肩へ手を回し、性別を感じさせない気軽さでアリアをも引き寄せて、ユーリは嬉しそうにその腕に力を込める。

ゲームとは違い、知り合ったのは数ヶ月前。その、決して長いとは言えない時間の中で、ユーリにどのような変化があったのだろう。

「大好きだっ！」

「……えっ……？」

明るくて、自分の感情に素直で行動的で男前。それが本来のユーリの姿。

「ユ、ユーリ!?」

けれど、早すぎる展開に、アリアは動揺を隠せない。

ユーリがシオンを認めるようになるのは、ゲームでは中盤を過ぎた頃だ。

こんな初期の段階で、堂々と宣言してくるなど想像すらしていない。

しかも、なんだかこの流れは。

（……なんか、大親友見つけちゃいました！　な感じなんだけど……!?）

初期段階から好意を示してくれることはいいことだ。アリアとて大歓迎で受け入れる。

けれど。

アリアが望んでいるのはこういうことではない。

（シオンッ！　お願いだから頑張って……！）

確実に好意は示されている。だからその好意の方向性をこれからどうにか変えていってほしいと、祈るようにシオンの顔を見上げれば、珍しく困惑しているらしい様子がわかる姿がそこにあった。

（頑張って……！）

私は貴方の味方だからと、アリアは心の中でエールを送っていた。

紅き月の日

ユーリが狙われる理由など簡単だ。

ユーリほど高い魔力を持ち、それでいて生来当たり前に備わっているはずの自己防衛能力が欠け切っている存在は他にない。

魔に属する者は、人間《ひと》の魔力を取り込むことで己の力を高めることができるという。

だから、生かさず、殺さず。自分の欲望を満たしながら、ユーリを飼い殺しにしようと企むのだ。

ゲーム内でのユーリの魔力覚醒のきっかけはわからないが、それを機に、ユーリは魔の者から常に狙われるようになる。

魔に属する者は、人間《ひと》にはわからない〝美味な魔力〟を嗅ぎ取る力が敏感だという。

先日の男もまた、ユーリの魔力の魅惑に引き寄せられた魔の一人だ。

これからユーリは、次から次へと望まぬ悪夢へ引き込まれていくことになる……、のだが。

＊＊＊＊＊

ここは、学園内にあるサロンの一つ。

教室ほどの大きさの一室を貸し切って、アリアとユーリ、そしてシオンとセオドアまでもが呼び出しを受けていた。

この面子を呼び出した主はといえば。

「突然ごめんね」

来てくれてありがとう。と柔和な微笑みを浮かべるその人は、学園内で一番高貴な身分である、リオ・オルフィスだった。

「リオ様」

どうぞ。とグラスに入った冷たい飲み物を用意して差し出してきたのは、リオの側近、ルイス・ベイリー。部外者に立ち入れられたくないこともあるだろうが、自ら給仕するその姿は、まるで有能な執事のようだ。

「……えっと……、アリア……？」

どう見てもただ者ではない二人の存在を前にして、ユーリが助けを求めるような瞳をアリアへ向けてくる。

（そういえば、あの時ユーリは会っていないんだった！）

感染病騒ぎの折にニアミスはしているものの、実際この三人は顔を合わせていない。それをいうならばルークも同じく会っていない事実を今さらながら思い出す。

ここはやはり、アリアがリオとルイスを紹介すべきだろうか。そう思い、アリアが口を開きかけた時。

「君がユーリだね」

話は聞いているよ。と、リオ自らがユーリへ声をかけていた。

「ボクはリオ・オルフィス。こっちは……」

「ルイス・ベイリーだ」

柔らかな微笑みを浮かべるリオに対し、ルイスは全く表情を変えることなく淡々とした口調で名前を告げる。

対し、ユーリはそんな二人を見比べながら、人好きのする笑顔を向ける。

「はじめまして。ユーリ・ベネットです」

（あぁぁぁ……！）

その瞬間、アリアは心の中で悶絶した。

（この、ルイスの冷ややかな視線……！）

恐らくルイスは、ユーリと初対面するこの時から、ユーリのことを快く思っていなかった。

常にリオが中心のルイスにとって、これから面倒事を運んでくるであろうと簡単に想像できるユーリが、あたたかく迎え入れることのできる存在であるはずがない。

それがまた、これをきっかけに徐々に徐々にユーリとリオの距離が近づいていく様を一番近くで見守らなければならないともなれば、そのストレスは相当なものに違いない。

『ルイスは、なんだかユーリに冷たくない？』

どうしてもユーリへ辛く当たってしまうルイスへ、あくまで優しい微笑みを浮かべながら、リオが困ったように問いかける。

『……そんな、ことは……』

貴方の気のせいです。と、本当はそう返したかったのかもしれない。けれど、ルイスが人一倍ユーリに冷たい態度をとっていることは明らかで、ルイスの手は悔し気にぐっと握り締められる。

『過酷な環境に置かれてしまった子だよ。それでいて生来の明るさを失わない。それは、尊敬に値すると思うよ？』

『貴方は……っ』

愛おしげな目をしてユーリのことを語るリオへ、ルイスが堪らず声を上げた。

『？　ルイス？』

リオは驚いたように顔を上げ、不思議そうな瞳をルイスへ向ける。

『どうしたの？　なにかあっ……』

『貴方は残酷です……！』

愛と憎しみは紙一重。まさにルイスも表裏一体の不安定な感情に翻弄《ほんろう》されていたのだろう。

『わたしの気持ちになど気づいていないのでしょう……っ！』

『え……？』

ルイスから吐き出された気持ちの吐露に、目を見開いたリオはこくりと喉を鳴らす。

『ル、イス……？　な……っ⁉』

そんなリオを、激情に駆られるまま、勢いよくその場に押し倒し――……。


（きゃぁぁ～～っ⁉）

アリアがめくるめく妄想に歓喜の悲鳴を上げる中。

一同はルイスに勧められるままに飲み物を口にして、ほっと一息ついた様子をみせる。

それから、

「それで、今日君たちにここに集まってもらった理由だけど」

と、柔らかな表情の中に厳しい空気を滲ませて、リオが一同を見回した。

「……魔族と遭遇したね」

実はここのところ学園の周囲で不穏な空気を感じていたのだと言って、リオはユーリの顔を見る。

「どうやら狙いは君のようだけれど」

「……え……」

先日の事件。本来ならば国に報告しなければならない事案だが、アリアはそれをしていない。恐らくはシオンも今回、様子を見ているのだろうと思っていたのだが、リオがそれに気づいたのは、それだけ神経を張り詰めていた結果と言えるだろう。

「ユーリ。ちょっといいかな？」

未報告のままのアリアたちを責めるようなことはせず、リオは戸惑った様子を見せるユーリへ手を差し出すと、その上に手を重ねるように目で促す。

そうしておずおずと置かれた手を取り、神経を研ぎ澄ませるように瞳を閉じて十数秒後。

「……なるほどね」

ありがとう。と微笑と共に手を離し、それからその綺麗な顔を険しいものへ一変させる。

「……これは厄介だね……」

ぽつり、と漏れた小さな声は真剣そのものだ。

「……もしかして、アリアも気づいていたのかな？」

確信めいた問いかけに、アリアは覚悟を決めて首を縦に振る。

「……はい」

本当は、〝アリア自身〟はなにも気づくことはできていないのだが、それでは話が通らないため、リオに話を合わせておく。

ユーリの魔力の性質も、ユーリが狙われる最大の理由も、まさかゲームで得た知識です、などとは言えるはずもない。

「……なん、ですか……？」

自分の身に一体なにが起こっているのかと、先日の出来事も不明なままの事態に、さすがのユーリも不安気な様子を隠せない。

「魔力は開花したばかりだというから、まだ操れないことは仕方がないとしても、ね……」

そのための学校だ。専門の魔法講師を家庭教師として家に呼べるような上流貴族などは別として、普通は高等学校に入学してから魔術を学ぶ。学校へ入学してからまだ数日のユーリなど、少し基礎知識を噛《かじ》った程度のものしかない。

「君の魔力はね、外に流れっぱなしなんだよ」

普通、魔力は自分の内に留め置かれている。外に放出し続ければ枯渇してしまうのだから、それは当然のことだろう。

だが、ユーリは違う。僅かではあるものの、魔力が外へ流れ出てしまっている。だからといって魔力量が減ったりしないのは、流れ出てしまう魔力よりも、強大な魔力が回復する速度の方が早いからだ。

まるで、甘い蜜に誘われる毒蛾のように、魔物はユーリの元へ吸い寄せられていく。

「……そういうことですか」

リオの言葉に全て納得したかのように、リオの隣に座るルイスが吐息を漏らす。

言うならばユーリは、暗闇の中で仄《ほの》かに光り続ける存在。それは狙われて当然だろう。

「さて、どうしようか」

困ったように微笑して、リオはなにか思案するかのように指先で顎を撫でると、ここ最近よく耳にするようになったという国内の不穏な報告について話し出す。

あちこちで活性化する魔物の出現。

おかげで魔物討伐の機会も増え、魔法師団が動く事態にもなっているという。

だが、結界が破られた気配はなく。

そして、国の結界の礎《いしずえ》となる国王の力が弱まっているとも思えない。

あちこちで空間の歪みが発生し、そこから湧き出ている可能性が高いのだが、今のところそれを裏付けるような証拠はなにも出ていない。

「通常であれば、少なくとも王都にいる分には安全なはずなんだけど」

たとえユーリの魔力が外へ溢れ続けているとしても、幾重にも結界の張られた王都内には最上級クラスの魔族でもない限りそれを破ってまで入っては来られない。

魔の者が生きている世界は元々別の次元にあると考えられている。

ただ、魔の者は己の欲望を満たすために、常にこちらの世界へ接触を図ってくる。それを防いでいるのが結界だ。網の目を縫って小物が紛れ込んでくるのとは違う。今回の魔物は、明らかに人の形を取ることのできる中位魔族だ。

現在学園内で唯一の王族でもあるリオは、王国直下の学園の治安を守る義務がある。

そして、将来の立場を見据えた時には、国内の安定を図るという、未来の国王として相応しい在り方が望まれている。

「シオン、セオドア」

顔を上げ、リオは二人の顔を交互に見つめて口を開く。

「二人とも、ユーリを守ってくれないかな？」

瞬間、シオンの拳がぴくり、と動き、セオドアの目は驚いたように見開いた。

（きゃ～～っ！）

リオのその言葉に、アリアは思わず心の中で叫び声を上げてしまう。

大体のこの流れはゲームと同じ。ユーリの身を案じたリオが、二人へ護衛を打診する。唯一違う点は、その場にアリアがいるかいないかということだろうか。

「なん……っ？」

一方、その提案に不快を表したのはユーリの方だ。

「なんでオレが守られる立場なんだよ⁉」

男として、なぜ自分が守られなければならないのかと、ユーリは拒絶の声を上げる。

繰り返すが、ユーリの性格は男前だ。

砂糖菓子のような柔らかな女の子を守ることが、男としての自分の役割だと思っている。

「仕方ないだろう？　高い魔力だだ漏れで魔法が使えないなど、役立たずにもほどがある」

むしろ迷惑だ。とはっきり告げ、ルイスは睨むような視線をユーリに向ける。

この世界には存在しないが、もし存在するならば、〝ゴキブリホイホイ以下〟とでも言いたげな物言いだ。

公害を引き寄せるだけ引き寄せておいて、自分では駆除もできない欠陥品だとその目は語る。

「……っ」

言い返す言葉を見つけられずに悔しそうに拳を握りしめるユーリへ、アリアは穏やかな表情で声をかける。

「ユーリ、大丈夫よ」

これからきちんと自分の魔法を制御できるように学んでいけばいいのだと、形だけは慰めながら、アリアはきちんと守ってみせると改めて決意する。

魔力の制御。それが実際かなり不可能に近いことをアリアはすでに知ってしまっている。

少なくともゲームの中では、ユーリが思い通りに魔力を行使できたことは最後の最後までほとんどなかった。

「アリア。君はダメだよ」

なにを察したのか、リオはアリアへ顔を向けると珍しくもきつめの空気を醸し出す。

「今日、君を一緒にここに呼んだのは、ボクと同じことを君も感じているんじゃないかと確認したかったからだ」

だから後は二人に任せて大人しくしていなさい。という様子を見せるリオは、先日のアリアの立ち回りをまさか知っていたりするのだろうか。

「え……」

「公爵家のご令嬢が、魔族と対峙したりするものじゃない」

「でも……っ!」

自分だって魔法が使える。特に魔族相手というならば、その真逆に位置する光魔法は得意な方だ。

「俺も同感だ」

「セオドアまで……！」

けれど、幼馴染みにまで自分の訴えを棄却され、アリアは泣きそうに顔を歪ませる。

「君にはシオンがいる。だから従兄とはいえ、本来ボクが口を出すべきことではないかもしれないけど」

優しく、柔らかく、本当にアリアを思っていることがわかる静かな言葉で、リオがそっと諭してくる。

「ボクは、君を危険な目に遭わせることを良しとはしていないよ？」

その柔らかな眼差しにからめ捕られてしまっては、そう簡単には抗えない。

「シオンとセオドアの能力《ちから》は信頼に値するものだと思ってる」

だから、わかったね？　と、静かながらも強い意思を持って向けられた、同意を求めるようなリオの瞳に、アリアは小さく頷くことしかできなかった。


けれど、そんなふうに大人しく頷いたアリアが絶対に大人しくなどしていないことを、シオンとユーリだけは確信しているかのように互いの顔を見合わせていた。

＊＊＊＊

ゲームの中でも、アリアが婚約者としてシオンに会いに来る場面は多々あった。

身分も高く非の打ち所がない令嬢である婚約者《アリア》を前にして、シオンと心を通わせ始めたユーリは、本当に自分でいいのだろうかと頭を悩ませるのだ。ゲームの中における〝アリア・フルール〟は、ユーリへ劣等感を抱かせつつ、それでもシオンを譲ることはできないと決意させる存在だった。

けれど、この現実では。

「シオン様でしたら教室にいますよっ？」

「……ありがとう」

アリアの姿を認めた女生徒の一人から声をかけられ、アリアは内心複雑な思いを抱きながら表面上は柔らかく微笑んだ。

アリアとシオンの婚約関係は、学園中が知るところだ。さらには、真実がどうであれ、世間一般のアリアへの認識は、「婚約者・シオンに溺愛されているご令嬢」になってしまっているのだから頭が痛い。

（ユーリにまで誤解されていたらどうしよう……！）

アリアが隣の教室に顔を覗かせれば、みながみなシオンに会いに来たと思うのが当たり前の現実を前にして、冷や汗がだらだらと流れてしまう。

これも一種の強制力なのか、この誤解がゲームのように二人の仲を深めるスパイスになればいいのだが、早々にユーリが別の攻略対象者ルートに入ってしまったらどうしようかとハラハラする。

（違うのよっ、違うの……！　私は……っ、二人のツーショット姿が見たいだけで……！）

基本的に主人公であるユーリ視点で進むゲームの中では、二人のツーショット姿など、イベントスチルでもない限り見ることは叶わなかった。

それが、〝アリア・フルール〟という一番の特等席に座れる人間になったというのなら、日々〝推し活〟は欠かせない。本当は休み時間のたびに……、否、教室の壁になって二人を眺めていたいくらいのところを、これでも我慢しているのだから許してほしい。

「……ユーリは？」

自分の席で読書をしていたシオンと目と目で挨拶を交わした後、開口一番でユーリの所在を尋ねたアリアに、シオンからはなぜか妙な空気が漂った。

「……すぐ戻ると思うが」

「そう……」

せっかく足を運んだというのに、〝お目当て〟がいなければ意味がない。

「アリアは二言目にはユーリだな」

「セオドア」

心の中でがっかりと肩を落としたアリアに、前の席から苦笑いで声をかけてきたのはセオドアだ。

「そんなことは……」

「いや。そんなことあるからな？」

自覚はないが、確かに言われてみればそうかもしれない。

アリアが隣の教室に足を運ぶ理由は、「シオンとユーリの絡みを見たい！」の一点につきるのだから。

そこへ。

「アリア？」

高めのボーイソプラノが聞こえ、アリアは笑顔で振り返る。

「ユーリッ」

本当に少し席を外していただけなのか、そこには可愛らしく小首を傾げたユーリの姿があった。

「どうした？　あ。シオンに用事？」

「……いいえ、特に用事があったわけでは……」

ちょくちょくこちらの教室に顔を出しているアリアだが、シオンに会いに来ていると思われることは非常にマズイ事態なのではないだろうか。これではまるで、アリアがシオンに好意を抱いているかのような誤解を招いてしまいそうだ。

（もちろんシオンのことも……！　好きは好きだけれど……！）

シオンが〝最推し〟であることは当然だが、だからといって、それは恋心などではない。

「相変わらず仲いいね」

「違……っ」

なんの邪気もない笑顔を向けられて、アリアは反射的にそれを否定する。

だが。

「え？」

「な、なんでもないわ……っ」

真ん丸になったユーリの瞳に、さらにその否定を否定する。

アリアの抱く野望――、最終目的のためには、ユーリはもちろん、シオンとも仲良く……、信頼関係を築かなくてはならない。ユーリに妙な誤解をされることは避けたいが、シオンとの仲を安心して深められるような存在ではいたいのだ。そのバランスはとても難しい。

「あ。でも、ちょうどよかった。アリアに聞きたいことがあって」

「私に？」

特に深くまで言及することなく、少しだけ真面目な顔になったユーリに、アリアは自分に用事とはなんだろうと瞳を瞬かせる。

シオンやセオドアを通り越してアリアに聞きたいことなど、なにも思い当たる節がない。

「さっきの授業で習ったこの部分のことなんだけど」

と、教本を取り出したかと思えば該当ページを捲《めく》り始めたユーリに、アリアの表情は僅かに曇る。

「……そういうことはシオンに聞いたほうが……」

なんと言っても、シオンは学年一位の頭脳の持ち主だ。さらに言えば、ユーリがシオンに勉強を教えてもらう姿など、それこそアリアが望む〝萌え〟そのものに違いない。

正論と、自分の願望。その二つを満たす結論として辞退を申し出たアリアだが、すぐにアリアの望みは一刀両断されてしまう。

「シオンなんかぜんっぜんっダメだ。頭がよすぎるヤツの思考回路は理解不能すぎて」

どうやらすでに打診済みらしい。一つも解決できなかったとぷりぷり頬を膨らませるユーリには、乾いた笑みが浮かんでしまう。

シオンがどんなふうにユーリに教えたのかはわからないが、これまでのアリアの経験上、そこまでわかりにくい説明はしないと思うのだけれども。

「あっ。もちろんアリアの頭がいいこともわかってるから！　ただシオンの教え方が下手なだけ！」

決してアリアが平凡だと思って尋ねたわけではないのだと弁明するユーリには、穏やかな感情しか湧いてこない。

（……下手というより、ただ面倒くさかっただけじゃ……？）

ユーリ相手にそんな冷たい態度を取るとも思えないが、元々他人とのコミュニケーションをあまり好まないシオンのことだ。端的に説明した結果、運悪くユーリに上手く伝わらなかっただけではないだろうか。

「それならセオドアが……」

セオドアもまた、シオンと首位争いをしているほど優等生だ。

だが。

「セオドアにはいつも聞きまくってる」

「……そう……」

アリアの知らぬ間に、しっかりセオドアとも仲を深めているらしい。元々ゲームの中でも、中途編入してきたユーリをセオドアがよく気にかけることによって、どんどん距離を縮めていったことを思い出す。

まさかこのまま〝セオドアルート〟に……、と思うと冷や汗ものだが、今のところ普通の友人関係を築いているように見受けられた。

（……なにか違うのよ……！）

そうして机に向かい合い、アリアがユーリの疑問に答えてわからないところを教え、さらにはそのすぐ傍でセオドアが見守っているという構図に、アリアの胸中には不満と突っ込みが浮かぶ。

アリアの隣では、涼し気な表情で本に目を落としているシオンの姿まであって。

（私の望みはこういうことじゃないの……っ！）

ユーリがいて、シオンがいて。そしてセオドアまでがいる。できればユーリとシオンのツーショット姿を見たいものだが、このスリーショットを見る分には構わない。

けれど、そこに自分が交じるとなると話は別。しかもシオンはこの輪の中に入っていない。二人の邪魔者になってどうするのか。

（なんでこんなことに……っ！）

次こそはどうしたら失敗しないだろう。教室でのシオンとユーリのツーショット姿をじっくり眺めるためには、一体どうしたらいいのだろうかと、アリアは二度と同じ轍《てつ》を踏まないようにと頭をフル回転させるのだった。

そんなふうに穏やかな日常生活が続く中、これが束の間の平穏だと知っているアリアは、一人考え事をしながら放課後の廊下を歩いていた。

（このまま無事に済むなんてことはないわよね……？）

あの日以降、なにかと理由をつけてはちょくちょく隣の教室に顔を出し、例の少女の動向を窺っていた。

そして、今のところは特に変わった様子は見られない。

かなりの頻度で隣の教室へ通っているせいか、ますますアリアとシオンの噂が盛り上がっていくことには頭が痛いが、この際構ってなどいられない。

おかげで、毎度例の少女からは突き刺さるような視線を向けられているのだが、それ以上の変化を感じ取ることはアリアにはできなかった。

（……リオ様ならわかるかもしれないけれど……）

すでに魔族が少女に接触しているのかどうか。光属性の優れたリオならばわかるかもしれないが、彼女がターゲットにされる恐れがあることを知っているのはアリアだけだ。

それをどんな説得性を持って伝えたらいいのか、アリアにはわからない。

残された時間はきっと多くはない。どうしても気ばかりが焦っていく。

昼間の学園内であるならばまだしも、それ以外の行動にまで目を光らせてはいられない。魔族が少女に接触してきたとしても、アリアにそれを知る術はない。

唯一の救いは、彼女が学園内にある寮に入っていることだろうか。よほどのことがなければ敷地内から外へ出ることはないだろう。

(寮にはゲストルームがあるって聞いたけれど……)

放課後は自宅へ戻らなければならないアリアは、夜まで少女の監視をしてはいられない。

残された方法は、アリアも寮に泊まることだ。

(友人と〝パジャマパーティー〟をしたいから、なんて、許してくれるかしら?)

心配性の家族の顔を思って、アリアはそんな言い訳を考える。

この世界にパジャマの概念はないため、それはあくまで言葉のアヤだが、それだって一日二日が限界だろう。連日外泊するわけにもいかない。

(そういえば、ここって……)

ふと覚えのある少しだけ懐かしい場所に出て、アリアは廊下の向こうを覗き込む。

この先に進めば、魔法講師専用の部屋がある。

(そういえば、ルーカスを見かけないわよね……?)

入学式さえ、名前の紹介だけで本人不在だったため、未だに学園内でルーカスを見たことはない。

学園に入れば会う機会も増えるかと思っていたのだが、忙しいという言葉は思った以上のものだったらしい。

「……ここでなにをしている」

「シオン」

と、ふいに影が差したかと思うと耳慣れた低い声が聞こえ、アリアは背後に立つシオンへ顔を上げる。

片手に本を抱えているところを見ると図書館にでも行っていたのだろう。シオンがよく図書館へ足を運んでいることはゲームの中でも語られていた。

「ルーカス先生を見かけないな、と思って」

偶然ね。と声をかけ、アリアは再度廊下の向こうへ視線を投げる。

「わざわざ行く必要もないだろう」

「でも……」

薬《ポーション》作りではかなりお世話になったとルークから聞いている。多忙にもかかわらずきちんと約束を守ってくれたことには感謝の気持ちしか浮かばない。

魔力回復薬《MPポーション》と体力回復薬《HPポーション》が完成した後は、その影すらさっぱり見かけなくなってしまったため、正式なお礼も顔を見て言えていない状態だ。

とはいえ、会えばそれが挨拶かのように口説かれるせいで、まともに話ができるかどうかといえば疑問ではあるのだけれど。

「……アリア」

そこでふと廊下の向こうへ歩き出したアリアへ、シオンの咎めるような声が放たれる。

「少し覗いてみるだけよ」

「……」

入学以来、相当忙しいのか、学園に来ている気配もない。

だからどうせ不在だろうと、なぜか半分だけ開いたドアの向こうを覗き込み――……。

（……うそ……っ!?）

そこで繰り広げられている光景に、アリアは大きく目を見開いていた。

「オレ、男ですけど？」

「美しいものに性別なんて関係ないと思わない？」

室内で交わされる静かな言葉は、アリアの記憶を鮮明にする。

（ルーカスの初対面イベント――！）

そこにあったのは、壁際まで追い詰められ、顎を取られた状態で顔を覗き込まれているユーリの姿だ。

そしてその細い指先が妖しげにユーリの頬を滑り……。

「……覗き見は感心しないね」

腕の中にユーリを納めたまま、顔だけがアリアたちの方へ向けられた。

「だったらドアくらい閉めておけ」

もはや敬語すら忘れたらしいシオンの慇懃《いんぎん》無礼な言葉がルーカスに向かって放たれる。

しかしルーカスはそんなシオンの無礼な態度など気に留める様子もなく、

「やぁ、アリア嬢。久しぶりだね」

あっさりユーリから身を離すと、にっこりとした笑みをアリアへ向けてくる。

「はい。先生も……、お元気そうでよかったです」

相変わらずですね。と苦笑いを溢しながら、アリアは室内へ足を踏み入れるとユーリの元まで足を運ぶ。

大丈夫？　と声をかけながらユーリの様子を窺おうとして。

「少し会わない間に大人っぽくなったね」

手を取られ、指先へと軽いキスを落とされる。

「もう〝子供〟だなんて言わないよね？」

流れるような動作で腰を取られ、顎を持ち上げられると至近距離から真っ直ぐ顔を覗き込まれる。

途端、ぴり……っ、とした空気が室内を震わせて、

「……相変わらずお姫様には騎士《ナイト》がついているのかな？」

アリアの腰を取ったまま、ルーカスはくすり、と楽しそうな笑みを部屋の入り口へと向ける。

「いえっ、たまたまそこで会って……」

別段一緒に行動していたわけではないと言い訳して、アリアはルーカスの胸を押し返す。

一度ルークの家で遭遇して以来、ほんの時折ルーカスが顔を見せる時には、毎回たまたまシオンも居合わせていた。だからそのことを言っているのだろうが、「騎士《ナイト》」発言もどうかと思って否定の方向へ首を振る。

と。

「アリアはシオンの婚約者だぞっ⁉」

ぐいっ、と強引にアリアとルーカスを引き剥がしたのは、自らも先ほどルーカスの毒牙にかかり

かけていた美少女な少年――ユーリだ。

「……ユーリ……」

婚約者、と主張したユーリに、そこは忘れてくれていいのだけど、と本気で願いながら、アリアは困ったような微笑を浮かべてみせる。

その庇い方は、正直少し切ないものがある。

二人が婚約者同士などという事実は綺麗さっぱり忘れて、ユーリには是非ともシオンと愛を育んでもらいたいのだから。

「生憎と、そういった細かいことは気にしない主義なんだ」

「な……っ？」

アリアから離れろと、仔犬のようにきゃんきゃんと威嚇するユーリに、ルーカスはにっこりと微笑みかける。

さらりと返されたその言葉にユーリはしばし絶句して、

「大体なんなんだ、この人……っ！」

「お前は喧嘩を売るな」

お前の魔法能力《ちから》なんて、こいつの爪先以下だ。と呆れたような口調で吐き出された低い声に、キ……ッ！　と訴えるかのような瞳を向ける。

「シオンッ！」

「シオン……」

そーゆー問題じゃない！　と反論するユーリと、そんな言い方しなくても、と曖昧な笑みを浮かべるアリアの双方をさりげない仕草で自分の後方へ庇うシオンに、ルーカスは再度にっこりとした笑顔を貼り付ける。

「両手に花で羨ましいね」

「なんだよそれっ」

オレは花じゃない……！　と訴えるユーリは、自分の美少女顔にコンプレックスを持っている。

「……ユーリ」

「僕には双子の姉妹がきゃっきゃっとしているようにしか見えないんだけど？」

お前は少し黙っていろと言いたげなシオンに向かい、ルーカスは同意を求めるかのようににこりと微笑んでみせる。

が、シオンはそれをあっさり無視し、

「そういえば、師団長に昇格したそうで」

おめでとうございます。と、とてもそう思っているとは思えない態度でルーカスへ祝福の言葉を口にする。

「どうもありがとう」

こちらも本音ではない雰囲気を滲ませて言葉を返すルーカスに、アリアはそういえばそうだったと思い出す。

少し前にルーカスは、ゲーム通り、歴代最短・最年少で魔法師団長に就任していたのだった。

「……師団長……？」

その肩書きになにか思うところがあったのか、ユーリが眉を顰めてルーカスの顔をまじまじと眺めやる。

それにルーカスは、「うん、そうだよ？」と笑みを見せ、

「僕も君のことは知っているよ？」

ユーリ・ベネット？　と意味深に目を細めると、

「僕が個人レッスンしてあげようか？」

と、再び妖しげな色香を滲ませる。

（……そういえば、これをキッカケに魔法の指南を仰ぐようになるんだっけ……）

ゲームの展開を思い出し、アリアは心の中で独りごちる。

性格に難ありとはいえ、ルーカスは最高の魔導士だ。〝ルーカスルート〟であればもちろん、そうでなくとも、魔法のレベル上げにルーカスの存在は欠かせないものだった。

「今夜は素敵な満月だよ？」

一晩どう？　と再度ユーリを口説き始めたルーカスに、アリアはハッと息を呑むと目を見張る。

「……満月……？」

うん、そうだったはずだよ？　と返されるルーカスの言葉はもはやアリアには届かない。

――思い出す。

夜空に浮かぶ、大きな満月《フルムーン》。それが不気味に紅く染まって……。

少女は、悪魔の手を取り、契約す――。

（今夜だわ……！）

ゲームの中で、一瞬だけ映し出された契約の場面《シーン》。

（もう、時間がない……！）

気づいてしまえば、ルーカスに改めて礼を言うことを忘れていたことも忘れ、アリアの思考は目まぐるしく動き出していた。

＊＊＊＊

（とりあえずは、寮への宿泊申請をしないと……！）

今夜、少女を監視するのなら、同じ寮内にいた方が得策だ。

そう考えて急ぎ行動に移そうとするアリアの背中へ、慌てて廊下を追いかけてきたユーリの呼び声が響く。

「アリア……！」

ちょっと待ってよっ。と、いつの間にか早足になっていたアリアへ追い付いて、ユーリはじろりとした目を向けてくる。

「……アリア。またなに考えてるの」

真っ直ぐ向くユーリの瞳は、アリアへ言い逃れを許さない。

「ユーリ……」

それに困ったような顔をして、アリアはどうしたものかと微笑を溢す。

（……さすがユーリ。鋭いわね……）

人のちょっとした感情の変化に敏感。

素直で正義感の強いユーリの最大の武器の一つだ。

すぐ騙される性格をしているくせに、こんなふうに肝心な時にはちょっとやそっとでは誤魔化されてはくれないだろうユーリを思って、アリアは瞳を揺らめかせる。

「……シオンに言う。それから、セオドアにも」

「ユーリ……ッ」

恐らくはシオンも気づいているはずだと語るユーリの言葉は、とても嘘には思えない。

気づいていて。否、気づいているからこそ、ユーリのように問い詰めてきたりはしないのだろう。

「でも、そこまでで後は黙っててやるから」

いつになく真剣な眼差しからは逃れられそうにない。

その申し出に、アリアの瞳が不安定に揺れ動く。

「ユー、リ……」

「だから、教えて。なにをする気なのか」

止めてもムダだとわかっているから。それならば協力させろと続けるユーリに、アリアは小さな笑みを溢す。

「……ユーリはカッコいいわね」

「な……っ？」

瞬間、ユーリの顔は真っ赤に染まった。

このユーリの真っ直ぐな性格に、みんな魅了されていくのだから。

元より、自分一人で全部解決できるなど、そこまで自分の力を過大評価していない。

絶望に身を沈めてしまう人を助けられるのなら、自分の力のなさを嘆くよりも、求められるところに助けを求める覚悟もある。

だから、アリアは迷わない。

こんな自分に、手を差し伸べてくれるというのなら。

「満月の……、特に赤い月の夜は、魔の血が騒ぐって聞くから……」

嫌な予感がして。

と、全てを語れずとも不安を口にして。

頼れる存在があることに、この上ない安心感が胸を満たしていた。

mission2 恋する乙女を救え！

不気味な紅い月が見下ろす夜。

少女は悪魔と契約する。

愛しい男の心を手に入れたいと。

それが仮初の契約で、男に利用されているだけなのだとは気づかない。

無理矢理闇の力を融合させられた少女は、正気を失い、自らユーリに襲いかかってくる。成す術もなく怪我を負いながら応戦するユーリの元に現れたのは、もちろんヒーローであるシオンだ。

とはいえ、すでに闇の力に染まってしまった少女を助ける術はなく、彼女は絶望の淵で命を落とす。

そこで一つ問題なのが、結果的に少女の命を奪ったのがシオンだということだ。闇の力に侵された人間は、もはや魔であって人ではない。だが、理屈でわかっていても、感情までそうはいかない。

自分を守るためとはいえ、シオンが少女を手にかけた事実にユーリはショックを受け、どうにか助けられなかったのかとシオンを責め立ててしまう。そんなユーリを黙らせるためと、怪我の治療のため、シオンは半ば強引にユーリに手を出して——……。


『な、ん……っ？』

『黙れ』

突然奪われた唇に、いったいなにをするのだと驚愕に目を見張るユーリの身体を押さえつけ、シオンの唇が怪我をしたユーリの首筋に落ちた。

『やめ……っ』

『治療するから大人しくしていろ』

半ばパニックになったユーリの抵抗を奪い、シオンの掌がユーリの全身へ這わされて――……。

（見たい見たい見たい……！）

ゲームの流れを思い出し、アリアは一人寮のゲストルームで悶絶する。

（だけど……！）

そのためにはゲーム通りに少女がユーリを襲ってこなければならず、さすがにそれはさせられないと、心の中で泣きながら葛藤する。

（なにか、別の形で……！）

ゲームの強制力かなにかで、少女を救いつつ似たような展開は望めないだろうか。

（あの男が自ら動くとか……！）

本来の少女の役目をあの男が担ってくれれば、魔族である男を消滅させることにユーリが心に傷を負うこともない。

（……でも、そうはいかないわよね……）

その一点に関してのみは、アリアはがっくりと肩を落とす。

本来のゲームの流れは、少女が命を落とした時点で男には逃げられてしまい、その後、その男を探し出すというイベントを経て、男を倒すというラストに繋がるのだが、その流れを汲むつもりは毛頭ない。

（契約する前に消滅させてみせる――！）

それが、アリアの目指すべき終幕だ。

アリアは目を閉じ、シオンに倣った風魔法を行使することに集中する。

使い慣れない魔法の持続はかなりの神経を磨り減らすが、それでもアリアは魔法の行使を止めようとはしない。

＊＊＊＊＊

先日の男が、今夜、どのタイミングで少女へ接触を図ってくるのかわからない。それを的確に把握するためには、こうして少女の部屋近くで常時意識を向ける必要があった。

アリアは女子寮のゲストルームに泊まっているが、シオンとセオドアはユーリの部屋にいるはずだ。

嫌な予感がするという、なんとも曖昧なアリアの不安を否定することなく、リオからユーリの警護を頼まれたシオンとセオドアは寮への滞在を決めてくれた。

今夜、実際に狙われるのは、ユーリではなく別の少女なのだけれど。

（ユーリも不安よね……）

狙われているのは自分だとはっきり告げられて、不安になるなという方が無理だろう。

そう思えばやはり迂闊《うかつ》なことをしてしまっただろうかという後悔も生まれるが、実際、アリア一人の力で対抗できるとは思えない。

ゲームの中では、最終的にシオンとセオドアが二人がかりで男を倒すイベントだ。

ユーリの優しさを利用するような形になってしまったことを、心の底から申し訳なく思う。

シオンとセオドアは、今頃ユーリが狙われると思って神経を尖らせていることだろう。そして、女子寮にいるアリアは、あくまで三人を心配して近くに滞在していると思っている。

一応、どこで、なにが起こってもいいように、万が一結界を展開する気配があった時にはすぐに駆け付けてくれることにはなっている。

悔しいかな、アリア一人で敵に対峙するなど、無謀なこともわかりきっている。

そうして少女の部屋の方向へと神経を集中させていたアリアは、ふいにドアの外に立った気配に気がつくのが遅れてしまっていた。

「こんばんは」

「！」

いつでも外へ飛び出していけるように施錠をしていなかったことが裏目に出た。

音もなく入ってきた先日の男の姿に、アリアは呆然と目を見張る。

「……どうして……」

どうしてここに現れたのか。

少女を利用しようとするならば、行き先はここではないはずだ。

アリアは身構え、瞬時に結界を展開すべきか判断に迷う。

そして、その刹那の迷いが、男とアリアの優劣を一瞬にして決めていた。

「今夜は貴女に用がありまして」

意味ありげに嗤《わら》い、「入ってきなさい」と外へ向けられた言葉に、例の少女がドアの向こうから姿を見せる。

「なん……」

「お友達を呼ぶような真似をしたら、彼女を殺しますよ?」

アリアが一人で男に挑んでくるわけがないと、最初から全てお見通しだとでも言いたげに口元へ愉《たの》しそうな笑みを刻み、男はさらりと少女を盾にする。

(……ゲームと違う……!)

事前にアリアがいくつかの布石を潰してしまったためか、大幅に変わっている展開に、アリアの背中には冷たい汗が伝っていく。

少女は、ただ利用されて操られるだけだった。

それなのに。

「……どうして……」

何度目かの疑問が漏れる。

少女は男に殺されると聞いても全く動じる様子がない。

それが、アリアには理解できない。

「実はですね」

酷く愉しそうに歪められた瞳が、ひたりとアリアの顔を見つめてくる。

「彼女に、貴女を殺してほしいと頼まれまして」

「……な……っ?」

笑って告げられた言葉の内容に絶句するアリアを愉しそうに眺めながら、男の瞳はますます愉悦に歪んでいく。

「愛した男の心が手に入らないのならばいっそ憎まれたいだなんて、歪んでいて大好きですよ、そういうの」

「……ま、さか……」

すでに契約は済んでいるとでもいうのだろうか。

からからに渇いていく喉へごくりと唾を飲み込みながら、アリアは少女の方へ顔を向ける。

「抵抗するならどうぞ？　その代わり、私は殺されるけど」

アリアの動揺をどんな意味で捉えたのか、そう平然と言ってのける少女は、アリアが自分を見捨てることなどできないことを理解して、悠然と自分を盾にすることを望んでいる。

「……どう、して……」

対峙する相手を陥れるため、自ら人質となることを厭《いと》わない。

通常では考えられない思考回路に、乾いた言葉しか出てこない。

「清廉潔白なお姫様が、友人を見捨てて保身に走るなら、それはそれで構わないの」

それでアリアの心を汚せるのなら、それはまたそれでいいのだと、少女は可笑しそうに表情を歪ませる。

「……あの人は、私になんて目もくれない」

ぎりっ、と唇を噛み締めて、少女は憎悪の感情を漲《みなぎ》らせる。

「あの人の隣に当然のように立つ貴女が憎いわ。あの人だって……っ！」

――いっそぐちゃぐちゃにしてやりたい。

ニタリ、と、歪んだ愉悦に頬を朱色に染めながら、少女は興奮気味に言葉を躍らせる。

「貴女を殺したら、どんなふうに私を見てくれるかしら？」

少女の声色は、まるで歌でも歌っているかのように高揚していく。

「私のこと、一生忘れないでいてくれるなら」

――命くらい、くれてあげる。

「……そ、んなのって……」

どうしたらここまで歪んだ感情に身を任せられるのか。

原因は一つしか思い付かずに、アリアは男の方へ顔を向ける。

けれど。

「私はなにもしていませんよ？　素敵な負の感情《オーラ》を見つけたもので、ちょっと声をかけさせていただいただけです」

人間とは本当に面白い生き物ですねぇ。とクツクツ笑いながらその考えを否定され、アリアは絶望の淵に追い込まれる。

これが、この少女の意志《のぞみ》だというのだろうか。

「貴女を殺せば私に協力してくれるというもので。利害の一致というやつでしょうか」

面白そうでしたので、つい。と笑う男の言葉には嘘はないように思われる。

男にとって、ユーリを手に入れるための道具にしか過ぎない少女は。けれど、男へ歪んだ愉悦を運んでいた。

わざわざ少女の望みを叶えてやる道理はないが、そこは冥《くら》く甘やかな道楽に少しくらいならば付き合ってみても面白いと思ったのだろう。

「そうよ。だからさっさと殺してちょうだい」

そう命じる少女と男の関係は、もはやゲームからは逸脱している。

少女自身が自ら望んで人質になっているこの状態では、男の隙をついてどうこうできるとも思えない。

アリアは拳を握り締め、真っ直ぐ少女の顔を見る。

「……私を殺したいのなら、貴女が自分の手で殺せばいいじゃない」

シオンに憎まれたいならなおのこと。

なんとか男と引き離すことはできないだろうかと、アリアはわざと挑発的な言葉を投げる。

「そうね。その通りだわ」

そして、少女のその言葉に、これで少しは自分の思惑通りに事が進むかもしれないと安堵しかけた時。

「でも、残念ね。そんな甘言には乗らないわ。私は貴女を甘くみてはいないもの」

にっこりと甘い微笑みを返されて、アリアの瞳は愕然と揺らめいた。

アリアを自分の手だけで殺そうと向かってくるのなら、アリア一人でもなんとか対処できると思ったことを完全に見抜かれている。

「だから、さっさと殺されて？」

目を細め、少女は愉しそうに首を捻ってみせる。一方、その様子を愉快そうに見つめてから、男が段々とアリアの方へ距離を詰めてくる。

このまま少女を人質に取られたままではなにもできない。

じりじりと後退り、すぐに背中が壁に触れて、壁際まで追い詰められたことを知る。

伸ばされた男の片手が顎を掴み、もう一方の手がアリアの肩口を露《あら》わにする。

「……っつう……！」

瞬間。

そのまま首筋へ噛み付かれ、アリアの口から苦痛の声が上がった。

まるで吸血鬼を思わせる仕草で吸い上げられ、魔力がごっそりと抜けていく感覚がする。

貧血が起きたように頭がふらつき、平衡感覚が失われていく。

「これはまた……」

驚いたような感嘆の声が漏れ、男の喉が鳴った。

「……なるほど。貴女は光を汲む者でしたか」

吸い上げた魔力に王家に連なるものが入っているのを感じたことを示唆して、男は予想外の御馳走にひどく愉しそうに嗤う。

「これは、ただ殺すなんて勿体ない」

「！　なに言ってるの……！」

クツクツと嗤う男の言葉に少女の怒りに満ちた声が上がる。

「さっさと殺してって言ったじゃない！」

それを無視し、男は愉しそうに目を細めるとアリアへ呟くような囁きを零してくる。

「アレはこの世に二つとない、奇跡とも呼べる至高の宝珠だが、貴女も最上級の極上モノには違いない」

男の言う「アレ」とは、ユーリのことを示しているのだろう。けれどアリアとて王家の血を色濃く継いでいる。魔力の質で言えば国内でも上を探す方が難しいくらいだ。

「まぁ、そう焦らなくても」

早くと急かす少女に「このまま殺すのは惜しい」と呟いて、男はにっこりと少女へ微笑みかける。

「貴女も言っていたでしょう？　ぐちゃぐちゃにしてやりたいと」

そう同意を求める男の声はひどく愉し気で。

「貴女は、目の前で彼女がズタズタに引き裂かれるのをただ見ていればいい」

その方が残るダメージも大きいですし。と尤《もっと》もそうな意見を口にして口元を歪ませる。

「っ！　だったらさっさとしなさいよ」

そしてその意図するところを察したのか、少女は小さく舌打ちした後、怯む気配も見せずに「気が済んだらとっとと処分してよ」と男に許可を出す。

「仰せのままに」

大袈裟なくらいの仕草で少女へ頭を下げ、男はチラリ、と部屋の奥へ視線を投げる。

「ベッドがいいですか？　それともこのまま月に見下ろされながらの方がお好みですか？」

上向かされ、男の指先が腰から脇を明らかな意図を持って這い上がっていく。

選択肢を与えながら、アリアの答えなど待っていない。

男の言葉に促されるように視界の端に捉えた窓の外には、不気味な紅い月が輝いていた。

（……どうしたら……っ！）

ほとんどの魔力を吸い上げられ、もう魔法は使えない。

尤も、たとえ魔力が残っていたとしても、この状況で男よりも早く少女を攫って攻撃に転じるなどアリアには不可能なことなのだけれども。

「どうやらこのまままここで、がお好みですか」

男の手が胸元へ伸び、アリアはぎゅっ、ときつく目を閉じる。

その瞬間。

ぶわぁぁ……！

と。

結界展開の気配と同時に、凄まじい風が室内へ流れ込み、窓が粉々に破れ散っていた。

「……く、ぁ……！」

旋風に、男が巻き込まれて姿を消す。

自分を抱き留めた感覚と、ふわりと包まれたひどく安心感のある匂いに、アリアは呆然と顔を上げる。

「……ど、ぉして……」

「お前はなにをしてる」

風を纏い、呆れた様子でそこにいたのは。

「……シ、オン……」

「あんな女のために自分を投げ捨てる気か」

チラリ、と、あまりの風の強さに顔を覆っている少女へ視線を投げ、苛立たしげにシオンは口にする。

「そんな言い方……」

ただ、好きになっただけ。

愛し方を間違えていたとしても、その気持ちは嘘じゃない。

「迷惑だ」

「そんな……」

自分に向けられる好意をばっさりと切って捨てるシオンへ、アリアは瞳を揺らめかせる。

愛した人に、同じように想いを返してもらえること。それはどんなに難しいことだろう。

狂った少女に、嘘でも想いを返せなどと言うつもりはない。けれど、せめて……。

「自業自得だろう」

冷たく言い放つシオンは、それ以上アリアと話すつもりはないという空気を滲ませる。

そして、ふと見下ろしたアリアの首筋に噛まれた血の痕があることに気づいて、ピクリとこめかみを反応させていた。

「シオ……ッ⁉」

首筋に、ふいに感じた、シオンの柔らかな髪の感触。

くすぐったいようなその感覚に思わず声を上げ。

「……ん……っ」

ぴちゃり……っ、と。

妙に響いて届いたその音に、ぞくりと肌が粟立《あわ》った。

「……ぁ……っ」

血の浮かんだ場所を舐め取る赤い舌先に。

甘噛みされ、頭が痺れる感覚がする。

「シオ……」

ふわ……、とした浮遊感。

刹那、身体に魔力が戻った感覚がした。

「……っ！」

ペロリと滲んだ血を舐め取られ。

「なに……っ」

「少しだけだが、オレの魔力を分けてやった」

何事もなく、淡々と告げられたその言葉に、アリアは「え……」と時を止める。

(そんなことできるの⁉)

疑心暗鬼になりつつも、確かに枯渇していた魔力が少し戻っている感覚はある。

(ゲーム内でもそんなイベントはあったけど！)

ふと思い出したのは、男と対峙し、魔力を消費したシオンが、キスでユーリから魔力を奪い取るという、一体どちらが目的なのだと突っ込みたくなる萌えイベントだ。

とはいえ、まさかこんな小さな傷口からそんなことが可能だとは思ってもいなかった。

「……でも、それなら薬《ポーション》が……」

「無駄遣いすることもないだろう」

魔力回復薬は貴重だ。

使わずに済むのであれば、万一の時のために取っておくべきだというシオンの言葉はもっともだとは思えるが、どうにもしっくり頷けない。

それでもお礼はしておくべきかと思い、口を開きかけた時。

纏わり付く強風を強引に打破した男が、荒い息に肩を上下させながら、鋭い目付きでこちらを睨みつけてきた。

「……っくぁ……っ！」

「お前の魔力を取り込んで、少し厄介だな」

軽く舌打ちし、シオンはアリアの顔を覗き込む。

「もう大丈夫だな？」

確認の意味でそう問われ、ノーとは言えないその雰囲気に、こくりと一つ頷いた。

と、シオンはその場に立ち上がり、怒りで身体を震わせる男に対峙する。

「もう逃がすつもりはない」

言葉と同時に攻撃魔法を展開し、衝撃で背後の壁が崩れ落ちる。

それを視界の端に留めながら、アリアは今まで茫然と成り行きを見つめていた少女の元へ向かう。

「こっちに……っ」

このままここにいてはいつ巻き込まれるかわからない。

アリアは少女へ手を差し伸べようとして。

「嘘つき……っ！」

「……っつぅ……っ！」

パシン……ッ！　と放たれた拒絶の攻撃に、顔を苦痛に歪ませる。

ズキズキとした痛みが走り、肘から下へと細い血が流れ落ちていく。

「……な、にを……」

「アンタなんて死ねばいい……！」

こっちに来ないでと叫びながら、アリアへ憎悪の目が向けられる。

「愛されてないなんて嘘じゃない……っ！」

失望の言葉と共に放たれる鋭い攻撃は、闇の力を借りているのか、黒い渦となって少女の身体へ纏わり付く。

「……嘘、じゃ……」

どう言葉を返したらいいのだろう。

少女の目の前で交わされた二人の遣り取りは、少女の憎悪を煽るものでしかない。

シオンに分け与えてもらった魔力で怪我をした腕に回復魔法をかけながら、アリアは言葉を見失う。

「……でも、貴女は本当にそれでいいの？」

傷つけて、憎まれて。

一生ものの傷を負えば、それだけで。

「うるさいうるさいうるさいうるさいっ！」

聞きたくないと、少女は耳を塞いで頭を大きく振りかぶる。

「アンタなんかにはわからないっ！　最初から全部持ってるアンタなんかっ……！」

その瞬間。

「アリア……！」

バン……ッ！　と。

風の勢いに押されて開いた扉から、華奢な身体が飛び込んできた。

「ユーリ!?」

そのままアリアの元まで駆け込んでくるユーリに続き、セオドアも姿を見せる。

「……なんでユーリがここに……」

「行くって聞かなくてな」

瞳に動揺の色を浮かばせるアリアへ、セオドアの苦笑が漏れる。

「まぁ、コイツが狙われているなら一人で置いていくわけにもいかないし」

どうやらシオンはユーリの部屋を借りていたわけではなく、始めから野外にいたらしい。

結界展開の気配を感じて慌ててやってきたのだと言って、セオドアはチラリと少女の方へ視線を投げる。

「ごめんね」

一体なにに対する謝罪なのか。

そんな疑問が浮かぶよりも早く、セオドアの放った手刀が少女の背後に振り下ろされた。

少女の身体は、カクン……ッ！　と糸の切れた操り人形のように傾いて。

「セオドア⁉」

「ちょっと眠ってもらっただけだ」

女の子に手荒い真似……！　と、目を吊り上げるユーリへ本当に申し訳なさそうに苦笑して、セオドアはその間も激しい攻防が繰り広げられているシオンと男の方へ足を向ける。

「アリアとユーリはここで大人しくしてろよ？」

振り返り、そう釘を刺してからキリリと表情を引き締める。

そしてそんな背後の様子に気づいたらしいシオンは、チラリとセオドアへ視線を投げ、

「援護しろ」

攻撃の手は止めぬまま低く声をかける。

「援護でいいのか？」

くすっ、と愉しげな笑みを漏らすセオドアは、むしろお前が援護じゃないのかと仄めかす。

セオドアは、五大公爵家の中で最も攻撃に秀でた火属性の家の後継者だ。

「一気に片をつける」

互いの目を合わせると軽く頷き、二人で男へ対峙する。

（……どうしよう……！　すごくカッコいいんだけど……！）

こんな時になにを、というか、こんな時だからこそというべきか。

ライバル同士の二人が並び立って共闘するなど、歓喜以外のなにものでもない。

互いをよく知るライバルだからか、合わせる呼吸に一切の乱れがない。


『さすがだな』

『そっちこそ、融合魔法なんて随分と高度な技を』

ユーリを庇うように並んで立った二人が、次の攻撃に備えて身構える。

攻撃に優れたセオドアの火属性魔法は当然のこと、火と風を掛け合わせたシオンの攻撃も、それに勝るとも劣らない威力を発揮する。

『とにかく、ユーリには傷の一つもつけさせない』

『……同感だな』

相対する敵を睨み付けるように宣言したセオドアに、不快そうに眉を顰めたシオンが同意する。

ここは二人で力を合わせることが最良だと冷静に判断しつつ、それでも感情面では「自分一人でも充分だ」と主張したいところなのだろう。

その証拠に。

『俺は譲る気はないからな』

『その言葉、そっくりそのまま返してやる』

チラ、と向けられたセオドアからの挑発的な視線に、シオンもまた強気で返す。

（きゃぁぁ～～!?　なんて尊いの……!?　神回……！）

ユーリを巡ってのライバル同士の言動に、アリアは歓喜の悲鳴を上げかけて――……。


（って、こんな時に私ってば……！）

今は緊張感張り詰める戦闘の真っ最中。吹き荒れる風の強さにハッと我に返ったアリアは、妄想世界から戻ってくる。

気づけば部屋の壁は完全に崩れ落ち、外と部屋の境界線が曖昧になっていた。

（そんなことを考えている場合では……！）

そもそも公式設定でライバル同士だと認められているシオンとセオドアを前にすると、ついつい萌えを煽られてしまう。

そして、アリアが不謹慎にもそんな妄想を繰り広げて身悶えている最中にも、セオドアが炎の矢

を繰り出し、シオンがそれを風で煽って、男を業火の中へと突き落とす。

その直後。

ギャァァ……！

と。

声にならない断末魔が辺りに響き、男の姿が消滅した。

「……倒した、の？」

シオンとセオドアの攻撃魔法が収束へ向かい、消えた男の姿にユーリが呟きを漏らす。

警戒を解くことなく、目の前に広がった灰の燻《くすぶ》る小さな荒野を睨み続け、ややあってから、完全にその場から男の存在が消えたことを確認し、セオドアの肩がほっと小さく落とされた。

しかし、それと同時に。

「ずっと高見の見物とはいいご身分だな」

皮肉気に口の端を引き上げたシオンの声が、誰もいない暗闇に響いた。

「え……？」

ふわり、と風が舞い。

暗闇のどこからともなく現れたルーカスが、優雅な動作でアリアたちの前へ着地する。

「それは心外だね」

にっこりと微笑んで、月の光を背負ったルーカスは、意味ありげな視線を巡らせる。

「僕はただ、生徒たちの活躍を見守っていただけだよ？」

生徒の成長を教師が妨げるわけにはいかないだろう？　と、とても本音とは思えない胡散臭い笑みを浮かべて、危ないようならきちんと出てきたと薄く笑う。

「……ルーカス、先生……」

「まずは、なかなかよくやった、といったところかな？」

及第点、合格だね。と告げるルーカスは、本当に陰からシオンたちの攻防を採点していたらしい。

「……いつから……」

茫然と呟くアリアへ、ルーカスは悪びれもなく「うん？」と首を傾ける。

「ほぼ最初からだ」

いい趣味だな。と凍てつくような視線を投げ、シオンは苛立たし気な様子を隠す気配もない。

数日前から闇の気配を察していたらしいルーカスは、ここ最近学園内へ目を光らせていたという。

(私たちが動かなければ、ルーカスが一人で対処していたということかしら……？)

もはやかなり変わってしまったゲームのシナリオに、アリアは一人心の中で考察する。

元より、このイベントはシオンとセオドアのものだった。大筋は変わっていないこの展開は、つまり、成るべくしてなったということだろうか。

「さて、と……」

そうしてルーカスはアリアとユーリの元まで歩み寄り、膝を折ると意識を失っている少女の顔を覗き込む。

「まさか魔族と契約を交わそうとはね」

「先生……」

すでに契約済みなのかと、アリアは死の宣告を告げられるような気持ちでルーカスの言葉の先を待つ。

それにルーカスは「うーん」とわざとらしく頬へ人差し指を当て、

「まぁ、当の魔族は消滅してしまったし、まだ仮契約みたいなものだから、闇魔法の強制解除は可能だと思うけど」

チラリ、と。アリアたちの後方へと意味深な顔を上げる。

「……これは僕じゃなくて、あちらに任せるべきかな？」

くす、と愉しそうに微笑んで、ルーカスは後方の誰もいない暗闇へ投げかける。

「任せていいのかな？」

「？」

ルーカスの視線の先を追うも、当然そこに広がるものは暗闇ばかり。

周辺は激しい戦闘の爪痕を残して焦げた地面の匂いが微かに流れていくが、もはや無風となった外の世界では、離れた場所に生える数本の木が生き生きと夜空に向かって伸びている。

けれど、沈黙が続くこと、二、三秒。

アリアの足元へ影が射し、暗闇の向こうから二つの人影が姿を現した。

その正体は。

「……リオ……様……？　と、ルイス様……？」

こんな時でさえ柔らかな微笑みを湛え、こちらに向かって歩いてくるのは、寡黙な側近を従えたリオだ。

「えぇ、もちろん」

君の手に余るようなら僕がするけど。と、試すような口振りを向けるルーカスに、リオは足を止めると穏やかな笑みを返す。

「未来の王のお手並み拝見、てとこかな？」

そう瞳を細めるルーカスは、すでにリオの能力《ちから》を認めているということだろうか。

「……ごめんね。本当はすぐにでも助けに入りたかったんだけど」

「わざわざ貴方の手を煩わせることではありません」

少女の傍にいるアリアの元まで歩み寄り、困ったように微笑《わら》いかけてくるリオに、ルイスの淡々とした言葉が投げられる。

上に立つ者は、下を使うことを覚えなければと提言する側近に、リオの表情がますます困ったといったものになる。

「ルイス……」

それはもっともな意見なのかもしれないが、リオの性格上簡単には受け入れがたいものなのだろう。

少しだけ咎めるような声色を滲ませて、リオは少女へ掌を翳す。

ぽわ……っ、と生み出された優しい光は、少女の胸元辺りに沈んでいく。

リオの瞳が術に集中するかのように閉ざされて、その横顔に少しだけ苦しそうな色が浮かぶ。

アリアが祈るような気持ちでリオと少女を見守る中、段々と小さくなっていった淡い光が、すぅ……、と少女の身体へと溶け込んでいった。

「……彼女……、どうなるんですか?」

成功したのだろうか。

ゆっくりと瞳を開けたリオへ、ユーリが不安気な視線を送る。

「……まぁ、どんなに甘く考えても、退学の後、親御さんの保護下に入ってもらうことになるのかな」

そして一生、外へ出ることは叶わない。

身分で人の差別をすることには異議を唱えたい部分もあるが、現状、公爵家の令嬢の命を狙ったことは大きな罪になる。

もしかしたら、それすらかなり甘い裁定なのかもしれず、ユーリも、そしてアリアにも、それ以上言えることはなにもなかった。

「そう……、ですか……」

命を救うことはできた。けれど、本当の意味で彼女を救えたかといえば、その答えは「否」だろう。

もっと、なにかできたのではないだろうか。

そう思うと自分の力のなさに泣きたくもなって、アリアは唇を噛み締める。

命があっただけでもよしとしなくてはならない。

身勝手にも、そう、自身へと思い込ませる。

「……アリア」

「はい」

悔しげに小さく肩を震わせるアリアになにを思ったのか、リオはアリアへ向き直ると少しだけ厳しい空気を滲ませる。

「今回は、結果的に狙われたのは君だったから仕方のないことなのかもしれないけど」

その口調は、リオにしては珍しい、アリアを咎めるようなものだった。

「ボクは、言ったはずだよね？」

君を、巻き込むつもりはないと。

今回のことも、アリアが動くことがなければ、きちんとアリアを守れていたはずだと告げてくるリオに、アリアは返す言葉が見つからない。

本来このイベントで狙われるのは、リオの最初の読み通りにユーリのはずだったんです。なんて。

「……ごめんなさい……」

素直に謝罪の言葉を口にするアリアへ、リオからは仕方なさそうな微笑が漏れた。

そんなリオへ今にも泣き出しそうに曖昧な笑顔を向け、アリアは深い眠りに落ちている少女を見つめる。

闇の力に呑まれ、操られ、ユーリとシオンへ刃を向けるはずだった少女。

その恋心が、始めから歪んでいたものだとは思いたくなかった。

「……シオン……。……この子の名前、知ってる……？」

少女と挨拶を交わしたことはない。

向こうがアリアのことを知っていても、クラスも違うアリアには、少女の名前を知る機会が今まで与えられることがなかった。

ただ、友人から、「ジェニー」と愛称で呼ばれていた。アリアが知っていることはそれだけだ。

「……ジェニファー・ライトだ」

「……そっか……」

記憶力のいいシオンのことだ。相手が彼女だからというのは関係なく、恐らくクラスメイト全員の名前を言えるのだろうけれど。

それでも、〝名前も知らない誰か〟ではないことに安堵する。

「なんだ」

「……ううん」

なぜだかすごく悲しくて、切なくて。

アリアはなにかを振り切るように小さく首を振る。

「……また、助けられちゃったわね」

苦笑して、泣きそうになる気持ちを抑えてシオンの整った顔を見る。

「……ありがとう」

浮かべたはずの笑顔は。

恐らく、きっと、上手に笑えてはいなかった。

＊＊＊＊＊

自宅の自室へ戻って湯浴みを終えた後。

アリアは鏡の前で、肩口に残っている薄い痕を見つけてしまい、顔を朱色に染め上げていた。

傷痕を消すことなくそのままにしていたのは、ただ魔力の消費を減らすためだったのか、それともこのアリアの反応を考えた上での確信的なものだったのか。

それは、誰にもわからない。

運命の出逢い？

ゲームの最終目的は、魔王復活を阻止すること。

ここ最近魔物たちの動きが活発化しているのは、本能で魔王復活の兆しを感じ取っているからかもしれない。

中位魔族が姿を見せたことも、高位魔族が魔王復活に動き出したことに起因する。

魔王には、直属の部下が四人いる。大昔の大戦でそのうちの半分は消滅したという逸話が残されているが、その残ったうちの一人が〝ラスボス〟だ。

そして、すでにこの時、ラスボスとなる〝少年〟の側近が、主をこの世に蘇らせるべく水面下で動いているのだが。

それが明らかになるのは、まだ先の話——……。

＊＊＊＊

本来であれば、行方を眩《くら》ませた男の消息をまだ全力で追っているはずの時間軸。

だから、少し気が緩んでいた、というのはただの言い訳にしかならない。

ゲームが始まった時点で、全てはエンディングへ向けて動き出しているのだから。

とは言っても。

「……えっと……、……ユー、リ……？」

なにしてるの？　とは、きっと聞いてはいけないのかもしれない。

理由など聞かなくとも、アリアはすでに知っている。

「ア、リア……」

顔を真っ赤にし、恐る恐るアリアの方へ振り返ったユーリは。

ひらひらとしたレースがふんだんにあしらわれた、白いドレスを身に着けていた。

（か、可愛い……っ！）

あまりの羞恥から瞳は潤み、どこからどう見てもか弱い美少女にしか見えないユーリの姿に、思わずアリアの方が赤面してしまう。

「ち、違……っ！　これは……っ！」

頼まれ、断りきれずに着てしまったのだと、しどろもどろに説明するユーリに、自然とくすりという笑みが零れ落ちる。

「これを着るはずの子が今日、休んでて……っ！　体格が同じくらいだからって、代わりに試着を……っ！」

どうしても今日中にサイズ合わせをしなければならなかったらしく、数人がかりで頼み込まれては、ユーリの性格上嫌だと拒否し続けることはできないだろう。

自分は男であるという意思の強いユーリだが、集団の女の子からの頼みには弱い。

その時の様子を思い出し、アリアは苦笑いをする他ない。

（……このイベント、「ノー」の選択肢はないのよね……）

一応、拒否の選択肢自体は存在する。けれど、どんなに断っても、承諾するまで話が進まないようになっているのだ。

（……現物は迫力が違うわね……）

ゲームで見たユーリはもちろん可愛かった。けれど実際目の前で生で動いて話す美少女《ユーリ》の迫力は桁違いだと思う。

この学園にも、学生らしく、参加自由な部活動というものが存在する。

ユーリは、演劇部のクラスメイトに頼まれて、欠席している同じくらいの背格好の女の子の代わりに衣装合わせを引き受けることになったのだ。だが、衣装合わせはユーリだけではなく、他の女の子たちの分まであるため、思わず逃げ出してしまう。

（……まぁ、他の女の子たちと同じ部屋で着替える勇気はユーリにはないわよね……）

一応、薄いカーテン一枚程度の目隠しはあったかもしれないが、それでもユーリには同じ空間にいること自体が耐えられなかった。

近くに隠れていればいいものを、つい全力疾走でその場から逃げ出してしまうあたりが、ユーリがユーリたる所以《ゆえん》だろう。

そして、どうしていいかわからずにおろおろと隠れていたところを偶然アリアに発見されて今に至る――、というものなのだが。

（……これって、ルークとの初対面イベントよね……？）

「とにかく、戻りましょう？」

一緒に付いていってあげるから。と優しく微笑《わら》い、恥ずかしそうにコクンと小さく頷いたユーリの手を引きながら、アリアはこの後の展開へ思いを寄せる。

二十日病の折、ユーリとルークは何度かニアミスこそあったものの、実際にはまだ会ったことがない。お互い存在と名前は知っているものの、顔を合わせてはいないのだ。

（……となると、この辺りでルークが……）

などと思っていたまさにその時。

「……あ……っ！　アリア嬢！」

（ビンゴ！）

アリアたちが向かう廊下と交わる別の廊下の向こうから聞こえたその声に、アリアは自分の推測が間違っていなかったことを確信する。

「ルーク」

どうしてこんなところに。と、本当はもっと驚いて然るべきなのだろうが、少しだけ目を丸くしながらルークの方へと振り返る。

「リオ様に用事があって！　でも、もしかしたらアリア嬢にも会えるかもしれないなぁ、なんて……」

思ってたんスけど……。と続くはずの言葉は、アリアのすぐ背後を見つめ、みるみると赤くなっていくルークの顔の前で消えていく。

「……ア、アリア嬢……。そ、その子は……？」

目が動揺で揺れ動き、真っ赤になって口元を押さえたルークが、おずおずとアリアへ尋ねてくる。

人が誰かに一目惚れする瞬間など、一生でもお目にかかる機会はないだろう。

そして、一瞬で生まれた恋心は、ある意味また一瞬で色を失ってしまうのだけれど。

（ど、どうしよう……？）

やはり自分が紹介すべきなのだろうか。

背後で自分に隠れるように身を小さくしているユーリをチラリと窺えば、全力で否定の方向へ首を振るユーリと目が合った。

こんな格好でアリアの知り合いに紹介されるなど、穴があったら入りたい気分なのだろう。

「え、えと……、……その……、ルーク……」

どう答えたものか返答に困ってしどろもどろになるアリアに、けれどそれがどこか聞き覚えのある名前だと気づいたのか、途端、ユーリの目がぱちぱちと瞬いた。

「〝ルーク〟?」

「ユーリ……」

自分の記憶を探っているのか、小首を傾げて考える素振りを見せるユーリの姿が可愛くて、アリアも困ったように笑ってしまう。

そうなの。会うのは初めてだけど、知っているでしょう? と言うべきかどうか非常に悩む。

「〝ユーリ〟?」

しかし、こちらも聞き覚えのあるらしい名前に首を捻り、ルークが虚空へじーっと視線を留める。

ややあって。

二人ともアリアとお互いを交互に見遣り。

「……えぇと……、その……。お互い、名前だけは聞いて知っていると思うのだけれど……」

おずおずと説明を始めたアリアだったが、二人はほぼ同時にパッと視線を交錯させていた。

「〝ルーク〟か!」

あの! とユーリが手を打てば、

「えぇ!? 〝ユーリ〟って、女の子だったんスか!?」

ルークは驚愕したように目を見開く。

しかし、その直後。

「オレは男だっ！」

ひらひらとしたドレスの裾を大きく翻しながら堂々と宣言した美少女《ユーリ》の姿を見下ろして。

「………」

一瞬唖然としたルークの口から。

「……えぇぇぇぇ⁉」

大絶叫が響いていた。

＊＊＊＊＊

「それは災難だったね」

ルークの〝言い訳〟を少しも気分を害した様子など見せずに聞いていたリオは、くすくすと楽しそうな笑みを零す。

約束の時間を少し回ってしまい、ルークは焦った様子で矢継ぎ早にここまで来る過程のことを話していた。

あの後、しっかりとユーリを演劇部まで送り届け、その採寸に付き合ってから、ついでに話があるというルークに呼ばれるような形で、アリアとユーリは前に来た貸し切り状態のサロンへ足を運んでいた。

また、さらについでとばかりに呼び出されたシオンとセオドアも同席し、今はルイスが淹れたばかりの紅茶を前にしたところだった。

「それで、例の話についてだけれど」

ふいにリオの顔へ翳《かげ》りが差し、その場の空気に緊張感が漂った。

「……なにかあったんですか？」

その不穏な空気を感じとり、セオドアもまた顔を顰めて眼鏡のブリッジ部分を押し上げる。

それにルークが「ちょっと時間もらって説明いいっスか」とリオに伺いを立てれば、「どうぞ」というリオの優しい同意が返ってきて、ルークはアリアに顔を向けてくる。

「……アリア嬢。前に頼まれた、例の魔物から採取した液体についてなんスけど」

これについてはまた別に会う機会を作って話そうと思っていたのだと前置きし、ルークは話の先を続ける。

「アリア嬢の推測通り、アレは、少なくともこの国には存在しない物質からできてました」

恐らくは、闇の世界独特のもの。

「我が国にも、いわゆる〝媚薬〟のようなものは存在しますが、その依存性の高さと副作用のこともあり、使用は法で禁じられています」

時たま、裏ルートで取り引きされることもあるというが、こちらの世界の〝媚薬〟は、あちらの世界でいうところの〝麻薬〟のような立ち位置だ。

「なんスけど……」

そこでルークは一度言葉を止め、神妙な顔をますます深く曇らせる。

「……恐らく、アレにはそれがない」

アリアが手に入れてきた催淫作用をもたらす液体は、依存性や副作用のようなものがないようだと推測され、ルークは難しそうな顔になる。

人体実験をするわけにもいかないため、実際のところはわからないものの、液体を分析した分にはそう考えられるとルークは口にした。

「アリア嬢は言ってましたよね？　アレを応用して、医療用の、末期患者に投与する薬は作れないものかと。そのためには、アレは最適な活用方法だと思います」

あの魔物と出会《でくわ》した際、アリアが考えたことは二つあった。

一つはもちろん、今後のゲーム展開の中で、コレを素にしたと思われる〝クスリ〟が存在するということ。

そしてもう一つは。

病による痛みを訴える末期患者に対し、〝モルヒネ〟のような鎮痛剤を作ることができないだろうか、というものだった。

劇薬は、良薬にも毒にもなる。

だからこそ。

「アレには副作用も依存性もない。それでいて効能は高い。もし、これを悪用しようとしたら……」

その先は、わざわざ言葉にされなくとも安易に想像できてしまう。

「そもそも、入手自体が困難なシロモノです。ですが……」

ここからが本題だと言外で言い含み、ルークは一度確かめるようにリオの顔を見た。それにリオが許可を出すように小さく頷いたのを確認し、ルークは再び口を開く。

「最近、似たようなクスリが出回っている気配がします」

瞬間、その場の空気がピリリと凍てついたのが感じ取れた。

出所のわからないそれを、ルークの研究室が手に入れたのは本当に偶然だった。

しかし、どんなに調べても、ソレの出所は掴めない。

ソレは本来、普通には手に入らないはずのものなのだ。

つまり――。

「……魔族が暗躍しているとでもいうのか？」

「……あくまで、憶測ですけど」

重い口を開いたルイスに、ルークは口元を引き締める。

「……もし、ソレを悪用するとすれば」

「闇パーティー的なもの……、……っスかね……？」

重苦しい空気の中で交わされる二人の会話に、それを耳にしたアリアは一人心の中で叫び声を上げる。

実は、アリアが危惧していた媚薬に関するイベントはまた別の話。

今回二人の推測から出た、妖しげな闇パーティー。

それは……。

（セオドアイベント――！）

シナリオの内容を軽く思い起こし、アリアは思わずセオドアの方へ振り返る。目と目が合い、セオドアはなぜ自分が見られたのかと不思議そうな表情《かお》になる。

普通も普通すぎるセオドアのその反応から読み取れることは。

（……まだ、危機は迫っていない、ってことよね……？）

そもそも、今の時間軸。本来はまだ前の〝mission〟が続いているはずだった。

だとしたならば、全て間に合う。

事件が始まる前に、根本から終わらせることができるかもしれなかった。

「……だが、そんな噂は聞いたことがない」

しばらく考え込んだ後、ルイスは今までずっと沈黙を守っていた相手へ目を向ける。

「シオン。お前はどうだ？」

この中で一番の情報量を持つのはウェントゥス家だろう。

導き出した推測を気のせいだと消し去ることはできないが、それでもあまりにも突飛な憶測を肯定することもできずに、ルイスは第三者の意見を伺う。

「いや、オレの耳にも届いていない」

けれど、返ってきた答えは全てを推測へ留めるもので、ルイスは滅多に変えることのない無表情の中に苛立たし気な色を浮かばせる。

(……どうしたら……っ)

アリアはその〝答え〟を知っている。

ゲームの記憶を思い出し、この悲劇を回避するために、前々からゲームの情報を頼りに集めていた多数のその他の情報もある。そして、それらを総合して導き出される、恐らくコレであろうという答えにも実は辿り着いている。

けれど、どう不自然ではなく、誰もが納得するものとしてその過程を説明したらいいのかわからない。

(でも……っ!)

思い出すのは、不気味に輝く紅い月。

あの日のように。あの時の少女のように。もう、手遅れとなって哀しい結末を迎えるようなことだけはしたくない。

「……あの……っ、それなんですけど……っ」

全員の視線が自分へ注がれるのを感じながら、アリアはきゅっ、と唇を引き結ぶ。

「一つだけ、思い当たることが……っ!」

そうして心を決めると、思わず口を開いていた。

ゲームの中で、ユーリがセオドアと仲良くなってしばらくたった頃。

ここ数日セオドアの様子がおかしいことに気づいたユーリは、不審な動きをするセオドアの後をつけることにする。

そして辿り着いたのが、妖しげなパーティー会場だ。

中に入ることができずに近くをうろうろしていたユーリは、主催者の一人と思われる人物に攫われてしまう。

攫われて……、それこそ王道中も王道パターンで、人身売買の競りにかけられてしまう。

王道パターンがなぜ王道かと言えば、それだけ間違いなく誰もが大好きなシチュエーションだからだ。それゆえ、このゲームももちろん、そんな腐女子の萌えをしっかりと叶えているわけで。

競りにかけられたユーリは、お約束もお約束の王道通り、パーティーに潜り込んでいたシオンによって競り落とされる。


『その倍だ』

好色な男に競り落とされそうになった直後に響いたシオンの声。

『お前は、オレに買われたんだ』

あっさりと男の提示した額の倍の金額を払うとユーリを連れ出して——。

『なにをされても文句は言えないな……?』

（……あのっ！　シオンが……っ！　すっっごくカッコいいのよ……!!）

そのイベント風景を思い出し、アリアの胸は高揚する。

ゲームの中でもその場面《シーン》は、ファンの間でベスト一、二を争うシオンの見せ場イベントだ。

（あの！　ユーリに迫る、なんとも言えない妖艶さが……っ！）

ついつい興奮して拳を握り締めながら、アリアは遠い世界へ思いを巡らせていた。

「……で？　どうやって潜入するんスか？」

妖しげな仮面パーティーが行われている可能性があることを示唆された面々は、実態を探るべく、その会場へ潜り込む作戦を立て始める。

「それはもちろん、招待客の一人に成りすますしか」

「普通に正規ルートで入ればいいだろう」

ルークの問いかけに眼鏡を押し上げながら顔を顰めたセオドアに向かい、シオンの淡々とした意見が差し込まれる。

「え？」

「そこまでの情報があるのなら、詳細な内容を調べることはそれほど難しくはない」

出てこない情報から全容を把握することは至難の業だが、僅かでも残された情報から詳細を調べることはそう難しいことではないと言って、シオンは普通に招待状を手に入れてみせると断言する。

「さすがだな」

そして、そんなシオンにルイスが感心したかのような吐息を漏らし、

「そしたら、オレとシオン先輩と……」

ルークが潜入メンバーの名を指折り数えながら口に出しかけたところで、

「私も行くわ」

アリアもまた、真剣な顔つきで名乗りを上げる。

「アリア！」

お前はまたなにを考えているんだという目を向けてくるセオドアへ、アリアは絶対に譲らないという態度で視線を真っ直ぐ送る。

「アリア……、今度こそ君は大人しくしているんだ」

けれどそんなアリアへ、珍しくも真剣な面持ちになったリオの強い眼差しが向けられる。

「ボクはもう、これ以上君を危険な目に遭わせるつもりはない」

「リオ様……っ」

優しいリオからどんなに諭されようと、アリアは折れるつもりはない。

「でもっ、そういったパーティーなら、エスコートされる女性役がいた方がいいと思うんですっ」

男性数人が参加するよりも、そこに女性を連れていた方が警戒心は薄まるだろうと提案すれば、リオの瞳が迷うように小さく揺らいだ。

「……それは、そうかもしれないけど……」

それでも大切な従妹をそんな妖しげなパーティーに潜入させるわけにはいかないと動揺の色を見せるリオへ、もう一人名乗り出る声があった。

「だったらオレも行く」

「ユーリ⁉」

「オレだってアリアが心配だ」

そう真っ直ぐ宣言する瞳は、ゲームの中で迫り来る危機に翻弄されていたユーリの姿とはまるで違うものだった。けれど、だいぶ話の流れが変わっているとはいえ、アリアにしてみれば一番危険に晒される可能性があるのは他でもないユーリだ。

「でも、ユーリ……」

ユーリは魔法が使えない上、その魔力の魅力を隠すこともできない。

だから賛同しかねると言いかけたアリアの言葉を遮るように、ルイスの低い声が響く。

「……でしたら、ユーリには女性役で潜入してもらいましょう」

「え……」

冗談でもなんでもなく、至極真顔で告げられたその提案に、ユーリは一瞬硬直する。

「男性三人に女性二人。バランスはいいかと」

シオン、セオドア、ルークの男性三人に、エスコートされる女性役、アリアとユーリ。

先ほどのユーリの超美少女への変身ぶりを耳にして、丁度いいとばかりにリオへ伺いを立てながら、それが嫌なら留守番で、という脅しさえかけてくるルイスに、もはやユーリも押し黙ることしかできなくなる。

「～～っ！　わかった！」

やればいいんだろっ、やればっ！　とムキになって開き直るユーリの姿を目に留めながら、ルークの顔が少しだけ期待に赤く染まっていくのをアリアは見逃すことはなかった。

「決まりだな」

その瞬間、ニヤリと確信犯的な笑みを口元へ浮かべた策略家のルイスへと、物申すことができる者は存在しなかった。

mission3 仮面パーティーに潜入せよ！

ゲームの元々の話では。

セオドアの様子がおかしかったのは、そもそもセオドアの姉が挙動不審な行動を繰り返していたことに起因する。

セオドアの姉は、婚約解消を申し出されていた。

突き詰めると、どうやら愛する婚約者《セオドアの姉》を自分の家の事情に巻き込まないようにするための行為だと思われた。

姉の婚約者は、水面下で開かれていた妖しげな仮面パーティーの裏取引に、望まぬ形で巻き込まれつつあったのだ。

そしてそれを突き止めたセオドアの手により闇取引の場は通報され、そこにいた者はみな現行犯逮捕となる。

しかし、そこにはセオドアを尾《つ》けてきたユーリと、そのユーリを追って潜入していたシオンがいた。

そしてその後、シオンが非合法の人身売買の現場にいたことが判明してしまい、シオンが窮地に立たされるイベントがあったりもする。その救済のために動くユーリが、少しだけシオンに心動かされるという重要イベントだ。

元々はセオドアを助ける目的で始まったイベントのため、ここでセオドアルートが派生したりと、ゲームの中でも重要ポイントだったりするわけなのだが。

その根本を全てひっくり返すためにアリアは動いていた。

そもそも、セオドアの姉の婚約者が裏社会の闇に巻き込まれることがなければ、婚約者は救われる。シオンもまた、秘密裏に潜入するようなことにならなければ窮地に立たされることもない。

だからアリアは社交界で、その婚約者の家の周りの人間関係をずっと探っていた。そしてつい最近、少しだけひっかかりを覚える家柄の人間が接触を図ってきていることに気づいて警戒を強めていたのだ。

そこにきてこの話。

全ての点と点が繋がったとしか思えない。

この時点でルイスやシオンの耳に妖しげな噂が届いていなくても無理はない。

ただ、アリアは〝知っていた〟だけだ。

＊＊＊＊＊

「今回の目的は、あくまで非合法な仮面パーティーの実態を掴むこと。得られる情報はできる限り入手してもらうに越したことはないけれど、もし、魔族が暗躍していることがわかったとしても、そこまで手を出すような真似はしないこと」

わかったね？　と周りの面々を見渡して厳かに指示するリオは、既に王族としての威厳を充分に醸し出している。

万が一魔族の存在が明らかになっても手出しはせず、討伐は国の専門部隊に任せるようにと強く言い聞かせるリオたちの目的は、シオンが手に入れてきたまた別の情報により、当初のものとは少しだけ変わっていた。

例のクスリの出処を突き止めることは最終目的ではあるものの、妖しげなパーティーを主催する裏組織の解体そのものがこの現実での主だった目標だ。

現場の状況を確認し、保安部隊に乗り込ませる。

驚くほど巧妙に隠された仮面パーティーの開催については、まだ核心的な情報に至っていないため、国の上層部を動かすことはリオでも叶わない。

そのために必要となるのが、言い逃れができない状況での現場への踏み込みだ。

「それからユーリ」

と、リオが黒いドレス姿のユーリを視線で傍へ招き寄せる。動きやすさを重視した軽やかなドレスは、ユーリが歩く度にふわりと揺れる。

「君のその状態は非常に危険だ。申し訳ないけど、魔力は封印させてもらうよ」

魔法が一切使えなくなる代わりに、ユーリの最大の弱点である外部への魔力の漏れがなくなると言って、リオは蒼色の魔石を取り出した。

そもそもユーリはまだ魔法を上手く操れないのだから、封印したところでなんの問題もない。

だから取り留めて反対の意思を示すこともなく素直にリオの術に応じているユーリの姿を見つめ、アリアの目は驚きで丸くなる。

「そんなことができるんスか？」

「ユーリのことがきっかけでね、覚えたんだ」

ユーリへ術を施すリオを驚いたように見つめ、ルークが口笛を吹くような仕草をする。

「元々は、魔力の高い犯罪者に施される封印魔法で、禁呪に近いものだけどね」

限られた王族のみが使うことを許されている禁止魔法。とはいえ、才能がなければそもそも扱うことができないのだから、禁止する意味もあまりないのかもしれないが。

（もう使えるなんて……！）

さすがリオ様っスね！　とキラキラした瞳で感動しているルークを横目に、アリアは一人息を呑む。

アリアの知るゲームの中で、リオがこの術を習得したのは中盤を過ぎた頃だったように思う。

それはすでに高位魔族にユーリの存在を知られた後だったため、結果的にユーリの存在を隠すことはできなかった。

けれど、今は違う。ユーリの存在をあの男が知るきっかけとなるのは、まさに今これから始まろうとしているイベントの中での出来事なのだから。

（これならユーリは大丈夫！）

ゲームとは確実に変わっている明るい現実に、アリアはほっと息をつく。

本当は、どうユーリを守ったらいいのか頭を悩ませていたのだ。

できることなら、危険を呼び寄せる可能性のある今回の潜入には参加させないようにしたかった。

いくらゲームの時間軸とは異なるイベントとはいえ、これも強制力かと人知れず悔しい思いをしていたのだ。

（魔力さえちゃんと封印されていれば……！）

あの男が万が一ユーリと遭遇してしまったとしても、ユーリの魔力に気づかれることはない。

（だけど……）

そこでアリアは、チラ、とシオンの顔を盗み見た。

（シオンは、ユーリを危険な目に遭わせても大丈夫なのかしら……？）

ゲームの中のシオンは、自ら厄介事に首を突っ込んでいくユーリに苛立ちを感じていた。他人を助けるどころか、自分自身さえ守ることのできない未熟な身でなにをしているのかと。

その状況自体は、ゲームの展開が変わった今も変わらない。けれど、ゲームと違い、シオンがユーリの行動を咎めるような様子は見られない。それは、なぜなのだろう。

（必ず自分が守ってみせるから、ってこと……？）

ゲームとは違い、勝手に行動するユーリを追うのではなく、最初から傍にいるからどっしり構えることができているのだろうか。

（私としてはそっちの方が嬉しい展開だけど！）

ユーリの身の安全を最優先してリオの元に置いていくという選択肢もあるだろうが、常に自分の手の届くところに置いて守り抜くという展開の方が、アリア的には美味しい状況だ。

（二人きりにしてあげるから！）

少しくらいの危険ならば、むしろいい恋のスパイスになる。ユーリの身の安全は確保しつつ、多少のハラハラドキドキは……、とアリアが気合を入れ直す中。

「これで大丈夫」

封印の呪符を終えて穏やかに告げたリオの言葉が、まるでアリアへ向けられたもののように感じられた。

「くれぐれも気をつけて」

連絡が来たらすぐに突入させるから。と、真剣な面持ちで全員の顔を眺めるリオは、できることならば自分自身も動きたいのだろうと思う。

「ご期待に添えられるように頑張ります」

セオドアが優等生らしく深く頷く中。明るく笑うルークと、静かに溜め息を吐き出すシオンの、正反対の反応があった。

女装したユーリを目にしたシオンがなにを思っているのか、相変わらずポーカーフェイスな横顔からはなにも読み取れない。

とある豪商の屋敷前。明るい月の光が降り注ぐ中、門前へと降り立ったアリアは、少しだけ大人びたシックなデザインの黒いドレスの裾を翻し、かつての記憶の中で見覚えのある目の前の光景に睨むような視線を送っていた。

「それじゃあシオンはユーリをお願い。私はセオドアとルークと行くから」

「ちょ……っ、アリア!?」

二手に分かれることを宣言し、有無を言わせずセオドアとルークの腕を引いて歩き出したアリアへ、ユーリの驚いたような声が上がる。

(だって、そうでしょ?)

〝シオン×ユーリ〟推しのアリアとしては、こんな時に少しでも二人の仲を発展させることができればと願ってしまう。

ユーリに危険が及ぶ可能性が薄れた今、ユーリの傍にはシオンがいることがなによりも最善の選択だ。

「お、おい……っ、アリア嬢……っ」

「お前はシオンの婚約者だろう?」

二手に分かれての潜入はいいとしても、その選定基準はなんなのだと、当の本人たち以外から驚きの声が上がる。

しかし当事者の一人であるシオンはすでに諦めたかのように小さく嘆息し、セオドアとルークへ鋭い視線を送る。

「くれぐれもソイツから目を離すなよ」

（なにその子供扱い……！）

精神年齢で言えば遥かに自分の方が上のはずなのにと思いながら、アリアはセオドアとルークの二人を引き連れて、ひっそりと建てられた離れへ向かっていく。

「シオン先輩と一緒じゃなくていいんスか!?」

「お前、仮にも婚約者……」

背後を気にしつつ、ルークとセオドアからは口々に疑問の声が投げられる。

それにアリアは渋々と頷きながら、

「……そうだけど」

「最近シオンには迷惑をかけっぱなしだから忍びなくて」

と、尤もそうな言い訳を口にする。

とはいえ、これは嘘ではない。ユーリの幼馴染みの事件にしても、先日のシオンへ片想いをしていた少女の事件にしても、結局アリアは自分一人の力ではどうにもならないことをわかっていながら、始めからシオンを巻き込んだ。

そのことは、本当に申し訳ないと思っている。

（だから、こんな時くらいは、ね……）

愛しいユーリと二人きりにしてあげたいと思ってしまうアリアの気持ちを是非受け入れてくれないか。

「いや、だからって、そういう問題じゃ……」

「ごめんなさい。せっかくだし、ルークもユーリと行動したかった？」

どうにも納得できなさそうなルークへ、アリアは悪戯っぽい瞳を向けると小首を傾げてみせる。

「ア、アリア嬢……っ!? な、なにを……」

途端、耳まで顔を赤らめて狼狽《うろた》えるルークの反応に、くすりと笑みが溢れた。

女装したユーリの姿をこんなにも早くもう一度見る機会に恵まれるなど、ルークも、そしてアリアすらも想像していなかった出来事だ。

『ユ、ユーリ……!?』

先ほど、ユーリの女装姿を見たルークの反応とゲームの中の映像が重なった。

『……い、いや。なんていうか……』

あれはこのミッションではなく、また別の場面ではあったけれど、ユーリのあまりの美少女ぶりに、耳を赤く染めたルークが目を逸らす。

『……相変わらず、似合うのな。そーゆー格好』

『嬉しくない』

そんなルークの誉め言葉が嬉しいはずもなく、ユーリは不貞腐れたように唇を尖らせるのだ。

そして、女装したユーリとルークの一番の〝萌えシーン〟は。

『うわぁ……!?』

『ちょ……っ、ユーリ……!?』

着慣れないドレスの裾を踏んだユーリが、ルークを巻き込むようにして床に転がった。

『ごめん……っ』

『い、いや。大丈、ぶ……』

顔を顰めつつ身体を起こしたルークは、超至近距離にある美少女《ユーリ》の顔に時を止める。

『ユ、ユーリ……』

チェリーピンクの小さな唇が、目の前で自分《ルーク》の名前を紡ぐ。

『ルーク?』

きょとん、と小首を傾げたユーリは無防備で。

『……ユー、リ……』

ルークの手は無意識にユーリの頬へ伸び――……。

「……お前たち、気を引き締めろよ」

ただならぬ雰囲気が感じられる重厚な扉の前。静かに落とされたセオドアの言葉に、アリアはハッと現実へ引き戻される。

(あのままキスしてほしかったのに……!)

目の前の〝現実のルーク〟を見上げながら、あくまで〝ゲームの中のルーク〟へアリアは訴えかけるような目を向ける。

純情少年設定のルークは、そういったチャンスに恵まれてもなかなかユーリに手を出すことができずに、その度にプレイヤーを悶々とさせたのだ。

けれど、仕方がないとはいえ、この現実でそんな可愛らしい〝ルーク×ユーリ〟を見ることは叶わない。なぜなら、アリアがなんとしてでも〝シオン×ユーリ〟ルートに向かうよう誘導してしまうからだ。

「ア、アリア嬢……?」

そんなアリアの視線になにを感じたのか、ルークから僅かに動揺した気配が伝わってくる。

「な、なんでもないわ……っ」

心の中で首を振り、慌てて妄想を振り払ったアリアは、目の前の閉じられた扉に向き直り、ぎゅっと拳を握り締める。

「……それじゃあ、行きましょうか」

ゲームの中で言う、第三のミッションの幕開けだ。

「……なんか、〝いかにも〟って感じだな」

参加者全員が仮面をつけ、見渡す限りどう言葉を選んでもいかがわしいとしか言えない雰囲気を醸し出している会場に、セオドアの端正な顔が顰められる。

広いとはいえ密室には違いない室内では、妙に鼻につく甘ったるい花の香りが焚かれていた。

「この匂い……」

すん、とその匂いを確認したルークが神妙な面持ちになり、

「甘さに誤魔化されがちっスけど、ずっと吸ってるとヤバいです」

と、確信したように目を向けてくる。

お香のように焚かれているこの香りが。

恐らくは、例の魔物から接種可能な妖しい薬物に違いない。

「できるなら、この場から離れた方がいいっスね」

できる限りその薫りを体内へ取り込まないよう腕で鼻を庇いながら、ルークはアリアたちを外へ促す。

だが、そのまま廊下へ出ようとしたアリアたちに、引き止めるかのような声がかかった。

「そこのお嬢さん」

仮面をつけているため、相手の顔も年齢もよくはわからない。

けれどその佇まいからすると高位貴族などではなく、成り上がりの中年男性だと思われた。

「よければ私も交ぜてもらえませんか？」

人目を避けるように部屋から抜け出そうとしている三人の姿をどう勘違いしたのか、明らかに下

心が見て取れる下卑た声をかけられて、一瞬にしてセオドアとルークの二人がアリアを庇うように前に出る。

「悪いけど」

ここで揉め事は起こせない。

セオドアがアリアの肩を抱き、ルークの瞳がす……っ、と鋭く細められる。

「オレたちはこれから三人で楽しむつもりなんで」

邪魔しないでもらえます？　と、自らも反対側からアリアの腰へ腕を回し、ルークが艶の籠った意味深な低い声を響かせる。

（……きゃぁぁぁっ!?）

その、あまりにも絵になる二人の仕草に、アリアは思わず内心歓喜の声を上げてしまう。

（二人とも……っ！　カッコよすぎ……っ！）

普段穏やかなセオドアがふと見せる鋭い瞳と。可愛い年下キャラと思わせておいて、こういった場面では怯むことなく瞬時に頼れる〝男〟の顔を見せるルークの二人が、あまりにも乙女心を刺激してきてアリアの心臓を鷲《わし》掴みにする。

（ギャップが……！）

この二人のファンは、ギャップに堕とされた腐女子が大半だ。それを目の前で見てしまえば、いくらアリアがシオン推しだからと言って心臓にあまりよくはない。

そしてそんなふうにアリアが一人悶絶していることなど知るよしもないルークは、言葉の意味を悟って狼狽したような様子を見せる男を置いて、アリアを隣の廊下へと連れ出した。

「……なんか……、この後ここでなにかが起きそうになったら、一刻も早く出るべきじゃないか……？」

扉の向こうへ振り返り、セオドアが珍しくも後ろ向きな発言を口にする。

「……それはオレも同感なんスけど……」

催淫作用のあるお香を漂わせた密室でなにが行われるのかなど、想像に難くない。

捜査のためとはいえ、目の毒すぎて一瞬でも居合わせたくはないと嫌悪の気持ちを滲ませる二人は、その大人びた容姿から忘れがちだが、まだ十四と十五の子供だった。

「効能自体はかなり薄めてあるみたいっスけど、あんまり長い間吸ってたら、オレらだってどうなるか……」

少し吸ったくらいならば問題ないが、事は時間との闘いだと悔しそうに顔を歪ませて、ルークは姿の見えない残りの二人へ思いを馳せる。

「……シオン先輩たちはどうしてるんスかね……」

この現状を確認した時点で、すぐにでもリオへ通報してもいいのではないかと、ルークは悩ましげな表情を貼り付ける。

できれば例のクスリの出処まで探りたいところではあるが、潜入早々、すでに危険すぎる匂いがする。

と……。

(あの男……！)

視界の端へ一瞬だけ映り込み、そのまま廊下の向こうへ消えていった後ろ姿に、アリアの瞳が大きく見開いた。

見覚えのある……、記憶に残る、銀色の長髪が特徴的な長身の青年は。

(一体どこへ……っ！)

気づいた時には、なにやら相談を始めるセオドアとルークの元から踵を返し、男が消えた方向へと足を運んでしまっていた。

(いた……！)

本来であれば、このイベントでは表立っては出てこない人物。

ちらりと意味深に存在だけは匂わせて、後のイベントでこの男が全ての黒幕だったことが明かされる、ゲームの中の超重要人物。

(魔王配下四天王の、側近……！)

名前は確か、バイロン、と言っただろうか。

アリアの記憶が正しければ、恐らく、まだ封印から目覚めたばかり。

自身の力を取り戻すためと、仕える主を目覚めさせるために今後いろいろな場面で暗躍していく人物だ。

(……い、ない……？)

いくつかの廊下を折れてすぐ。気取られないよう気配を殺して慎重に後をつけすぎたためか、どうやら見失ってしまったらしく、アリアは落胆の溜め息を落とす。

(この部屋……?)

だが、すぐ隣の部屋。特になんの気配も感じられない部屋の扉を、アリアはなにかに誘われるかのように静かに押す。そして、息を殺しながら一歩中へと踏み込んだその瞬間。

「……おやおや、どこの仔猫が紛れ込んだかと思ったら」

「……!」

ふいに間近で低い声が聞こえ、アリアは腕を捻り上げられていた。

「……い……っ!」

容赦ない拘束に、アリアの顔が苦痛に歪む。

(どうする……⁉)

魔法を発動して逃げるべきか否か。

一瞬の隙をつけばそれも可能かもしれないが、代わりに発生するリスクを思うとそれも憚《はばか》られてしまう。

「ちょうど一人足りなかったんですよねぇ……」

いいところに。と細めた瞳に見下ろされ、アリアは暗闇の中で何処かへ無理矢理引っ張られていく。

(隠し通路……っ!)

そういえば、ユーリが競りにかけられたのも、地下に隠された大広間だったことを今更ながらに思い出す。

暗闇の中に現れた隠し通路。そこから続く地下へ延びる階段を呆然と見下ろして、アリアは自分の迂闊さに唇を噛み締めていた。

＊＊＊＊＊

広い会場内では、たとえ同じ室内にいたとしても、探し人がそう簡単に見つかることはないだろう。

「まぁ、なんかアレだな」

妖しい空気が漂う大勢の人々を見回して、ユーリは大きく肩を落とす。

「お前も大変だな」

「……」

隣から返ってくる沈黙は同意の意だと理解して、頭一つ分以上高い位置にあるシオンの顔を苦笑いで見上げる。

「ずっとこんなのに付き合ってたわけ？」

ユーリがアリアと知り合ったのは、半年強ほど前のことだ。初めてアリアと会った時からその行動力には驚かされていたものの、これが今に始まったことではないのだろうとユーリが理解するのは早かった。

シオンがアリアと過ごしてきた時間はユーリとのものより長く多い。

つまりは、シオンはずっとアリアに振り回されてきたということになる。

「……好き好んで付き合ってたわけじゃない」

そこには自分にとって有益なものがあったから仕方なく付き合っていたのだと漏らすシオンに、ユーリはあえて反論することなくただ苦笑して肩を竦めてみせる。

確かにシオンは、誰かに振り回される性格ではない。

それでもユーリが知らない過去の時間をアリアと過ごしていたというのなら、シオンの言うようにアリアが自分に利となる存在だと判断したからなのだろう。

けれどそれは、ただのとっかかりで……、今となっては言い訳なのではないかという突っ込みは喉の奥に呑み込むことにする。

「気になるなら黙って見送らなければよかったのに」

シオンの視線が時折会場内に走らされる意味を、取り違えていないという自信がある。

けれど呆れたように呟いたユーリの言葉を無視し、シオンはなにやら招待客と思われる数人の男女へ次から次へと声をかけていく。

まず間違いなく的確すぎる情報収集をして動いているシオンの判断能力には頭が下がる思いがするが、確実に自分の問いかけを誤魔化しているのだろう姿には、やれやれと溜め息を吐き出したくなってしまう。

シオンの傍にアリアの姿がないのも、その逆でアリアの傍にシオンの姿がないのも、なんとなく落ち着かない。

「なぁ、シオ……」

「せめてお前は大人しくしていろよ？」

やはり一度アリアたちと合流し、メンバーチェンジをしようと提案しかけたユーリに向かい、シオンの厳しい視線が向けられる。

「大人しく、って……」

この状況で自分がなにをするというのか、ユーリの瞳は揺れ動く。

「できるな？」

だが、本来ユーリはアリアと同じ側の人間だろうと咎めるように声をかけてくるシオンに、強く反論することもできずに押し黙る。

アリアほどではないけれど、自分に無鉄砲な部分があることくらいは自覚している。

そうしてただただ大人しくシオンの隣でお飾りのパートナーを務めてしばらくたった後。

「シオン……？　それは……？」

運営の一人と推測される男性からなにかを手に入れたらしいシオンの様子に、ユーリは疑問の目を向ける。

「チェックメイトも近いな」

くす、と不敵な笑みを漏らし、シオンはジャケットの内ポケットにそのなにかを仕舞い込む。

「行くぞ」

スタスタと先を急ぐシオンの半歩後ろをついて行きながらふと思う。

恐らくシオンは、核心に繋がる道を最短ルートで選び抜いたに違いない。

そして、その理由は明らかだ。

「……あっちの進捗状況はどうかな」

ユーリの呟きに、シオンから返ってくる言葉はなかった。

＊＊＊＊＊

「アリア嬢……っ⁉」

ほんの一瞬目を離した隙に姿を消したアリアの痕跡を探して、けれどこんな時でも最低限の冷静さを失うことはなく、その名前が外へ響かないように細心の注意を払いながら焦った声を上げるルークへ、こちらもまた焦ったように辺りを見回すセオドアの姿があった。

「この一瞬で一体どこに……⁉」

ついさっきまで。ほんの少し前まで、セオドアとルークのすぐ後ろにいたはずだったと。

「……アリアは？」

二人の姿を見つけ、そしてそこにいるのが二人だけであることを確認したユーリが、すでに嫌な予感を覚えたような強ばらせた顔つきで二人へ声をかけてきた。

「……またアイツは勝手なことを」

「シオン」

「シオン先輩っ」

なにかを察したのか、それともなにか新たな情報を掴んだのか、はたまたその両方か——。低い呟きと共に顔を顰めて合流してきたシオンへ、セオドアとルークの焦った声がかけられる。

「だから目を離すなと言っただろう」

まったく、アイツはすぐこれだ。と軽く舌打ちをするシオンに、完全に自分達の落ち度だと認めている二人から謝罪の言葉が口にされる。

「悪い……」

「すいません……っ！」

そうして大きな溜め息を一つ吐き出した後、シオンは指に挟んだ大きな金色のコインを掲げて見せる。

「先輩、それは……」

「プラチナチケット、だそうだ」

さらなる裏世界へと導く、そこへ辿り着くための入場許可の証。

「オレはそっちに参加する」

アリアの行方はもちろん、その他もろもろの情報が得られるかもしれないと匂わせるシオンに、ルークもまた参加の手を上げる。

「だったらオレもそっちに行って、ユーリと別の場所からアリア嬢を捜しますっ！」

会場内部へ潜り込むシオンと、その周りから詮索する二組に分かれることを提案するルークへ、

「俺はこの会場内をもう一度捜す。なにかあれば連絡してくれ」

セオドアもまた真剣な瞳をシオンへ向ける。

「アリア……」

その姿を捜して視線を巡らせるユーリの、祈るような呼びかけがぽつりとその場に響いていた。

＊＊＊＊＊

「それでは、次の商品に移ります」

一体なにが行われているのか——。ゲームそのままの展開に、全て理解しつつも現実問題として思考が追い付かないアリアを置いて、男——バイロンから仕入れたばかりの〝商品〟を受け取った主催者の男たちは、すぐに上等なその〝商品〟を競りにかけることを決めていた。

まるで観劇を行う会場のような作りをした地下の大広間。

薄暗いスポットライトの当てられた舞台中央に、アリアの身体は無理矢理引きずり出されていく。手は手鎖で拘束されているものの、潜入当初から着けていた仮面はそのままで、口も塞がれてはいない。

なにを叫んでも無駄ということか、それとも赦《ゆる》しを乞う姿さえ見せ物の一つということか。

仮面を着けたままの〝商品〟の顔を確認することはできないものの、明らかに若い少女と思われるその肢体に、会場内から興奮の空気が沸き上がる。

今は見ることの叶わない仮面の下さえ、落札者の特権とでも言うのだろうか。

（……どうしたら……!?）

こんなところで魔法を使うわけにもいかない。

もっとも、最後の手段としてはそれしかないと心に決めつつ、アリアはこの場を打破する方法へ思考を廻《めぐ》らせる。

けれど、そう簡単に答えが出るはずもなく、無情にも時間だけが過ぎていく。

「今宵可愛がるもよし、持ち帰っていただいてゆっくり調教するもよし」

早速始まった競売に、今日一番の熱が沸く。

「では、三十万イェンから！」

「三十五！」

「四十！」

「四十二！」

「四十五！」

〝商品〟であるアリア一人を置いて、会場は熱気に包まれ、盛り上がっていく。

次々と上がっていく金額を耳にして、アリアの拳にはぐっ、と痛いくらいの力が籠る。

（冗談じゃない……！）

このまま大人しくしているつもりはない。

「六十三！」

「七十！」

駆け引きは、まだ天井が見えそうにない。

（だったら……！）

「八十！」

つり上がっていく金額に、アリアは自らも声を上げる。

「……なっ……？」

突如として舞台から響いた堂々としたその声に、一瞬会場内が静まり返り、次に大きなざわめきを呼ぶ。

「私が自分で自分を買うわ！　それなら文句ないでしょう⁉」

その直後。

ぱち、ぱち、ぱち、ぱち……。

高らかに宣言したアリアへ、どこからともなく一つの拍手が響いた。

会場中央。愉し気に口元を歪ませた銀髪の男がその場に立ち上がり、値踏みするかのような瞳でアリアを上から下まで眺め遣る。

「面白い」

「……貴方は……」

正体を知っていることを悟られないよう、細心の注意を払いながら、アリアは「さっきの」と、男を強く睨み付ける。

「本来ならば、裏方専門なんですが」

わざとらしい溜め息を吐き出して、男は「ちょっとお付き合いして差し上げましょうか」と、会場内を見回した。

「百五十で」

それから静かに提示された額に、誰もそれ以上の値を上げる者はいない。

「二百！」

アリアは唇を噛み締めて、自分を窮地に追い込んだ男へ鋭い視線を向ける。

「二百五十」

「三百！」

男から迷うことなく提示される金額に、冷たい汗が背中を伝う。

ゲームの中でユーリが競り落とされた金額など覚えていないが、ここまでのものだっただろうか。

（このままじゃ……！）

アリアにも、限界はある。

完全に二人の勝負となった競り合いに会場内は静まり返り、勝負の結末を固唾《かたず》を呑んで見守る形となる。

「五百」

「……っ！」

アリアの顔に、明らかな動揺の色が浮かぶ。

これ以上はアリアが個人で扱える額ではない。

この金額すら、普通の令嬢が個人で持ちうる額を遥かに超えている。

この世界の小切手のようなものは誤魔化しや時間的猶予が利かない作りになっている。即金で出せない金額を提示することは不可能だ。

（……いっそのこと、懐に飛び込んでみる……？）

本来ならば、到底アリアの敵う相手ではない。

だが、目覚めたばかりで力半分以下のはずの男を叩くのならば、逆にこれほどのチャンスはないのではないだろうか。

そう思えばそれも悪くはないかもしれないと考え、アリアはそれ以上の口を噤む。

「……これで手打ち、ですかね？」

残酷な、愉しそうな笑みが男の口元へ刻まれた。

——その時。

「その倍。千だ」

突然、静かな低声が会場内に響き渡った。

（……ま、さか……）

あり得ないはずの声に、アリアはその姿を求めて会場上部の方へ顔を上げる。

優雅に組まれた長い足。黒髪に黒い服。仮面の奥からは切れ長の瞳が覗き、その瞳が真っ直ぐアリアへ向けられている。

組んだ足をゆったりと下ろし、コツコツと小さな音を響かせながら、その声の主が舞台まで降りてくる。

（……どうしてここに……）

確かにゲームでも、シオンは競売に参加していた。けれど今、この場に助けるべき主人公《ユーリ》はいない。アリアの記憶にあるゲームそのままの、けれど現実はそれよりも遥かに破壊力のあるシオンの魅惑に、くらくらとした目眩がする。

そこだけ光が当てられたような、切り取られた映画のワンシーンのような姿に、思わず全てを忘れて見惚れてしまう。

歩みは、アリアの前でコツ……、と止まった。

「シ……」

思わず名前を呼びそうになると、顎を取った指先が、妖しげな空気を纏ってアリアの紅い唇を静かになぞる。

「鍵を」

人差し指と中指で挟んだ紙は、提示した金額が書き込まれた小切手のようなものだ。ぴっ、とそれを手渡して、アリアの拘束具を外すためと思われる鍵を受け取る。

「行くぞ」

そうして誰もが呆気に取られる中。

シオンに腕を取られ、アリアはその場から連れ去られていた。

会場を出るとそこには煌々《こうこう》とした光に照らし出される長い廊下が続いていて、アリアはきょろきよろと辺りを見回しながらもチラリと視線を前へ向ける。

目の前には、無言で早歩きになる背中があって。

「シオンッ、あ、あの……」

ほとんど引きずられるような格好でシオンの後に付いていきながら、アリアは焦ったように口を開く。

「あの、シオン……ッ？」

ごめんなさい。と、自分が思うより遥かに弱々しく紡がれた謝罪の言葉に、シオンの歩みがぴたりと止まった。

「……お前は本当に仕方のないヤツだな」

「そのっ、あんな大金……！」

怒っているのだろうか。

シオンがあっさりと提示してみせた金額にむしろ戦慄《せんりつ》さえ覚えつつ、アリアはその先を言い淀む。

「半分はお前の功績だ」

だから気にするなと言われても、あまりの金額に動揺が隠せるはずもない。

「それよりも」

ふいに落とされた視線の先には、まだ解かれる様子のない、アリアの腕に嵌《は》められた拘束具がある。

「普通はあんな目に遭わされたら泣き喚きそうなものを」

「！」

上から下までアリアの姿を見下ろして、シオンが呆れたような吐息を漏らす。

（どうせ私は〝普通〟じゃないわよ……！）

可愛らしい、大人しい公爵令嬢になることなど、三年前のあの瞬間からとうに諦めている。

と、そこへ。

「お前っ、そんな言い方ないだろ⁉」

いったいどこから現れたのか、後方から駆け寄ってきたユーリが眉を吊り上げながらシオンを責め、

「アリアは女の子だぞ⁉　怖くなかったわけがないだろ⁉」

大丈夫？　と優しく両の手を包まれて、瞬間、張り詰めていた緊張感が緩んでいくのを感じた。

「……ユーリ……」

今さらになって、指先がカタカタと震えてくる。

怖いなんて、自覚はなかった。

あの瞬間は本当に、いっそ男の懐に飛び込んでみるのもいいかもしれないと本気で思っていた。

それなのに。

「……ユーリは本当にカッコいいわね」

うっかり好きになっちゃいそう。と、アリアの顔には弱々しい笑みが浮かぶ。

ユーリの存在そのものの癒しの力は絶大で、思わず泣きそうになってしまう。

ユーリの後方から追いついてやってきたルークの姿がじわりと涙で滲んだ。

「……悪かった」

そんな二人の様子にさすがに自分に非があると思ったのか、シオンはアリアの拘束具の鍵穴へ鍵を差し込むと、カチャン、と音を立ててアリアの腕を解放する。

「……」

「……シオン？」

手錠のかけられていた手首を静かに見下ろすシオンの姿に、アリアはどうかしたのかと小首を捻る。

鉄製の拘束具に捕らわれていたとはいえ、特に抵抗しなかったアリアの手首には掠れた痕なども残っておらず、シオンがなにを気にしているのかわからない。

「……いや、なんでもない」

行くぞ。と促すシオンは、一体どこへ向かうつもりなのだろう。

促されるままユーリと共にシオンの後に付いていくと、セオドアとルークが焦った様子でバタバタとこちらへ駆けてくる。

「アリア！　大丈夫か⁉」

「大立ち回りを始めた時は、正直ちょっと見入っちゃいましたけど」

息を切らし、心配そうな目を向けてくるセオドアと、「不謹慎スけど」と苦笑するルークへ、アリアは心配させてしまったことを謝罪する。

「二人共、本当にごめんなさい……」

「心臓止まるかと思ったぞ⁉」

「一体なにがあったんスか！」

代わる代わる声を上げるセオドアとルークに、どこまで話すべきなのか答えに困る。

そうこうしている間にもとある部屋の前へ辿り着き、シオンが迷うことなくその部屋の扉を開く。

「ここは……？」

広くもなく、狭くもない室内。部屋の中にはちょっとしたラウンジも設置されており、ソファーとテーブル、奥には大きなベッドも置かれている。

それは、まるで宿泊施設のような内装だ。

「落札者のみに与えられる部屋だそうだ」

どさっと乱暴な仕草でソファーに身を預け、シオンは視線だけでアリアを隣へ呼ぶ。

「このまま競り落とした商品を試すでもなんでも好きにしろ、ってことだな」

悪趣味だな。と冷めた口調で言い放つシオンの言葉に、その場になんとも言えない空気が漂った。

過去に、ここで、誰かが被害を受けているかもしれないと思えば、落ち着いてなどいられない。

「ルーク」

「はいっ」

ふいにかけられた低い声にびくっ、と肩を強張らせ、ルークはシオンの方へ顔を向ける。

「それは……？」

ルークの目に、透明な液体が入った小さなガラス瓶が映り込む。

それを指先で掲げて振ってみせたシオンへ、ルークの顔が顰められる。

「こっちも落札特典だ。コレを使えば商品も思うままだからな」

もしやと誰もが頭に掠めた答えを肯定され、室内へ再び冷たい空気が流れ出す。

妖しげな仮面パーティーの実態と。

その裏で行われていた闇取引。

……そして、例のクスリ。

入手経路はわからないまでも全ての証拠は出揃って、シオンはセオドアへ視線を投げる。

「もうルイスに連絡はしたんだろう？」

「……あぁ」

アリアを発見した時点で報告済みだと頷くセオドアに、こちらはこちらですでに撤退経路は確保済みだと説明し、シオンは淡々と口を開く。

「突入部隊が踏み込んできたタイミングで、騒ぎに紛れてここを出る」

それまでは時間潰しだと、そうかからないであろう時間を示唆して、シオンはアリアへ視線を投げてくる。

「それで、どうする」

「……え？」

腕を引かれ、その勢いで、とす……っ、とソファーへ身が沈んだ。

シオンの手が、さらり、とアリアの長い髪を掬《すく》う。

ギシ……ッ、と。安いスプリングの軋《きし》む音が耳に響いて。

「せっかくだから、抱かれるか？」

お前はオレが買った最高級品だしな。と、近距離から顔を覗き込まれてアリアは固まった。

「……え……」

『シオン（先輩）……っ！』

その瞬間、真っ赤になった三者三様の声も上がった。

「冗談だ」

「……」

（……えぇぇぇぇぇぇ⁉）

くすっ、とおかしそうに口元を緩めたシオンの顔を見上げながら、アリアは心の中で絶叫する。

（シオンて、こんなこと言う人だった⁉）

正しく言うのなら、ゲームのシオンはユーリへセクハラ紛いの行為を仕掛けることも、艶めいた言葉を囁くのも日常茶飯事だった。だから、この言動そのものはそれほどおかしなことではないのだが……。

（ユーリ以外にも言っちゃうの⁉）

相手はユーリ限定だと思っていたアリアにとって、これは衝撃の発見だ。

少しだけ、アリアの中のシオン像を修正しなければならないかもしれない。

コトン……、とテーブルの上へ置かれた小瓶に、アリアはハッと重大事項を思い出す。

「バイロ……ッ、あの男の人は……⁉」

勢いよく身を起こし、まだ顔の火照りが取れていない面々へ顔を向ける。

「男？」

セオドアの顔が記憶を辿るように顰められ、アリアは焦りから上擦った声を上げる。

「長い銀髪の……っ」

「……あぁ、お前を買おうとしてたヤツか」

それがどうかしたかとどうでもよさそうに呟くシオンに、アリアは懸命な目を向ける。

「あの人なの……っ！　恐らく、今回の黒幕は……っ」

どこまで話すべきなのか。

必死さが滲む顔をしたアリアの訴えに、全員が一様に息を呑む。

――事件の黒幕。

つまり、それは。

「……魔族……」

小さく漏れたルークの呟きに、アリアはコクンと頷いた。

けれど。

「……多分、もうここにはいないな。あの後すぐに気配を絶った感覚がした」

なにかを察したのか鋭いヤツだと、そう苦々しく漏らすシオンの答えに、アリアもまたきゅっと唇を噛み締める。

「……だから買われたら買われたでそれでもいいかと思ったのだけれど」

そうすれば行方を眩ませられることもなかったのにと、さらりと言ってのけるアリアの思考に、その場の空気がピシリと固まった。

なんとも言えない微妙な沈黙が続くこと十数秒。

「……お前は、よっぽどコレを試してみたいようだな？」

ついでに人体実験も兼ねられる。と、例の小瓶片手に至極真面目な顔でシオンに迫られ、アリアの顔には朱色が走る。

「なんでそうな……っ」

「なにもわかっていないお前のせいだろう」

突入部隊が現場へ足を踏み込むまであと少し。

そんな二人の遣り取りを微妙な顔で眺めつつ、今度はそれを咎める者はいなかった。

文化祭〜人魚の恋〜

（……どうしてこんなことに……？）

目の前で繰り広げられる光景を眺めながら、アリアの顔には乾いた微笑が浮かんだ。

明日は、入学してすぐに開催される文化祭だった。

例の、ユーリが女装させられることになった演劇部の衣装合わせも、この日に上映される舞台のためだった。

準備に追われる学園内は浮き足立ち、アリアもまた明日を楽しみに当日の予定を考えていたのだが。

学園内への立ち入り制限が緩む中、遊びに来た……、というよりも、正確にはシオンに会いに来たリリアンに、ユーリがキレた。

と、いうのも……。

「シオンから離れろっ」

ここは、明日のための飾り付けなどが進む中庭。

シオンの腕にしっかり絡み付いて離れないリリアンへ、ユーリの眉が吊り上がる。

「どうして貴方にそんなこと言われなくちゃならないんですかっ」

「オレはシオンとアリアの友人だ！」

「だからって、なんの権利が貴方にあって！」

ベタベタと、馴れ馴れしくシオンに絡むリリアンへユーリがぷち切れた時には、正直アリアの胸は躍った。それは明らかにリリアンにシオンを奪《と》られたくないという意思表示で、思わずシオンへ「よかったわね」的な笑みを向けてしまったほどだ。

（なのに……）

「シオンはアリアの婚約者だぞ⁉」

（……うん……。だからユーリ、それは忘れてくれていいのだけれど……）

「それがどうしたっていうんですかっ」

（ユーリもリリアンくらい婚約者《わたし》の存在を忘れてくれて構わないのよ？）

それぞれシオンの右と左に陣取って、奪《と》り合うように互いの主張を繰り広げる二人の様子に、さすがのシオンも頭を悩ませているような気配を滲ませる。

（ぱっと見た感じはとっても嬉しい光景なのに……）

目の前では、シオンを奪われまいと、互いを牽制し合う二人が火花を散らしている。

こんな姿はゲームでは一切見られなかった。

本来ならば、リリアンが一方的に敵認識していたはずで、こちらも一方的に想いを寄せてくるシオンに困惑していたユーリのはずなのだ。

それがもはや、ゲームの間柄は影も形もない。

すでにこの時点で確実にユーリはシオンに好意的な感情を持っているし、リリアンに対してはこちらも本日をもって〝敵〟だと認識している。

今日会ったばかりだというのに、完全に犬猿の仲になっている。

「仮にも侯爵令嬢なら弁えろよっ」

「シオン様以外に触れたりしませんからっ！」

右へ左へと引っ張られるシオンの姿に、さすがのアリアも少しだけ同情の気持ちが芽生えてくる。

しっかりとシオンの腕を掴んで離さないユーリの姿に、「萌え」などと素直に喜べない自分がいる。

（……逃げようかしら……）

二人の口論の中に時折アリアの名前が上がっているような気がするものの、そもそも二人の争いに自分は関係ないはずだと、アリアはその場から逃亡しようかと画策する。

けれど。

「……」

じっ、と無言で向けられたシオンの切れ長の瞳に、アリアは肩を震わせる。

（えっ……、私がなんとかするの⁉）

その視線は、暗にこいつらをどうにかしろと命じてくる。

（リリアンはともかく、ユーリに張り付かれているんだからいいじゃない！）

そうでもなければ、さすがのユーリもこうまで積極的にシオンに絡んではこないだろう。

（……逃げたらダメ……？）

おずおずと視線を返すアリアの心中などお見通しだとでも言いたげに、シオンの瞳は鋭くなる。

（どうしろって言うのよ…っ！）

「……お前たち、いい加減にしろ」

なんだかいろいろな意味で泣きたくなってくる。

「シオンッ！」

「シオン様っ！」

考えてみれば、今までシオンがされるがままでいたことの方が不思議だろう。

自ら二人を強引に引き剥がし、シオンはアリアの方へ歩いてくる。

八つ当たりとも言える視線がアリアに向いて。

「お前も仮にも婚約者なら自分の立場を主張しろ」

「……え……」

でも、偽装だし……。などという反論は許されそうにない。

偽装するならきちんとソレらしく振る舞えということだろうかと思いながら、アリアは曖昧な笑みを溢す。

「……両手に花で大変ね」

刹那、不機嫌そうにジロリと睨まれ、アリアは口を噤んでいた。

＊＊＊＊

文化祭は、二日間。国内トップクラスの学園とあって、豪華絢爛《けんらん》に行われる。

アリアの記憶にあるような、クラスごとの出し物などはなく、部活動に参加していないアリアたちは、一般の来客と同じようにただこの二日間の〝お祭り〟を楽しむだけだ。

「素敵でしたねぇ……！」

当然のように遊びに来ていたリリアンが、まだ夢心地の気分で感動の吐息を漏らす。

例の、ユーリが衣装合わせをした演劇部から是非にと誘われ、足を運んで見た舞台が、たった今終わったところだった。

「ファンになっちゃいそうですっ」

「そうね」

席を立ち、舞台を見ていた時と同じように仕方なくシオンの隣を歩きながら、アリアは笑顔で同意する。

〝演劇部〟とは言いながら、中身はあちらの世界の〝宝塚〟をアリアへ思い起こさせた。

舞台は学生とはいえプロ顔負けの、女性のみで作られたもので、男性役の生徒がそれはそれは素敵で、数多の女性ファンを魅了しているという話も頷けた。

「これ、オリジナルなんですよね？」

もう一方のシオンの隣にはユーリがいるため、必然的にアリアの隣を歩くことになったリリアンは、「すごいですよねぇ」と感嘆の吐息を漏らす。けれどそれはこの世界にとってのオリジナル物語であって、内容を言ってしまえば、『人魚姫』そのものだった。

「ラストが切なくて泣いちゃいました」

恋した王子に想い届かず、海の泡となって消えた人魚姫。

シャボン玉のような泡が舞って七色に輝き、王子の幸せを願いながら人魚姫が消えていく演出は、確かに涙を誘うものだった。

「……オレは気に入らない」

と、ユーリの不満そうな声が届き、アリアはシオンを挟んで反対側を覗き込む。

「なんなんだ、あの人魚姫」

声を奪われたとはいえ、本当の自分の姿を告げるでもなく、王子とその婚約者となった姫君の姿をただただ影から見守るだけの精神が気に入らないと、ユーリは口を尖らせる。

一瞬、もはや犬猿の仲となったリリアンに対する反抗かとも思ったが、確かにその解答はあまりにもユーリらしく、思わずくすくす笑ってしまう。

「さすがユーリ様。この悲恋の素晴らしさが理解できないんですね」

そんなユーリへ呆れたように口を開くリリアンの反論は、恐らく嫌味のつもりだろう。

「だったらお前が人魚姫の立場だったらどうなんだよ?」

リリアンこそ大人しくしていない最たる例だろうと言い含み、ユーリがじとりとした視線をリリアンに向ける。

「それは……」

ユーリのもっとも過ぎる指摘に考え込むこと十数秒。

「そうですね! あんなふうにうじうじ影から見守るとかありえません!」

ぐっと拳を握り締め、リリアンが声高らかに同意する。

確かにリリアンの性格からすれば、たとえ声をなくしたとしても大人しく王子様を見守り続けるなどということはないだろう。逆効果にさえなりかねないが、積極的にアピールするに違いない。

これは確かに人魚姫にも非はあるのかもしれないと意見を交わす二人の前では、もはや切ない恋物語が崩壊してしまっている。

「大体、いくら命を助けられたからって、それはそれだろ? 感謝はすべきかもしれないけど、その後ずっと傍にいて介抱してくれた姫君を好きになってなにが悪いかわからない」

観客のほとんどが人魚姫に感情移入し、人魚姫に気づかない王子を責めるけれど、命を助けてくれたこと以外、王子を支えたのは婚約者となった姫君だ。姫君の性格が悪いならばまだしも、姫君はずっと王子の傍で寄り添っていた。

だからこそ、どうしてその姫君の優しさに蓋をしてしまうようなストーリーなのかと憤りを露わにするユーリへ、アリアの背中にはなまぬるい汗が流れていく。

（ユーリがそれを言っちゃうの⁉）

シオンにとっての〝人魚姫〟は、まさにユーリに他ならない。

命を助けられたわけではないけれど、幼いシオンの窮地を救った、心優しい〝恩人〟だ。

「シオンだってそう思うだろ？」

（シオンに聞くの⁉）

頭一つ分高い位置にあるシオンの顔を覗き込み、ユーリは顔を顰めてみせる。

「……まぁ、そもそも、人魚姫は相手が王子でなくても誰でも助けていそうだが」

相手がたまたま王子で恋に落ちたけれど、王子だから助けたわけではない。きっと誰が溺れていても助けただろうし、そうでなければむしろ性格が悪いことになるとでも言いたげな新たな見解に、アリアは再び目を見張る。

（シオンまで……！）

確かにユーリであれば、困っている人がいたならば、どんな相手でも全力で助けに向かうに違いない。

だが、それとこれとは話は別だ。

「だろっ？」

得意気に胸を張るユーリの姿に、頭が痛くなってくる。

(気づいて！　ユーリ！)

泡となって消えるような、そんな悲恋の〝ヒロイン〟ではなく、芯の通った強い〝人魚姫〟であるユーリ《自分》に。

「……？」

と、ふいに隣から視線を感じ、アリアはシオンの方へ振り返る。

「……どうしたの？」

どう表現したらいいのか、とにかく複雑な感情が入り交じって見える、アリアを観察するかのような視線に戸惑ってしまう。

「……いや……」

すぐに視線は逸らされ、その双眸はいつの間にか前を歩き始めたユーリの後ろ姿へ向けられる。

じ……、と。シオンの瞳は意味深にユーリの背中を見つめる。

(……こっちは、むしろ王子様の方が人魚姫を忘れられないみたいだけれど)

幼い頃に助けた〝王子《シオン》〟のことなどすっかり忘れている〝人魚姫《ユーリ》〟と、その時のことをずっと忘れられずにいた王子様《シオン》。

もっとも、シオンには傍で介抱してくれた姫君など存在しないから、それは当たり前のことなのかもしれないけれど。

(シオン、頑張って！)

ゲーム開始以来、何度心の中でエールを送ったかわからない。

じ、とユーリをみつめるシオンへ、アリアは再度心の中で「ファイト！」と声援を送っていた。

mission4 神隠しの子どもたちを捜せ！

ジロリ、と、お世辞にもとても好意的だとは思えない視線を受けて、アリアは少しだけたじろいだ。

目の前には、マリンブルーの大人びたドレスに身を包んだスレンダー美女の姿がある。

紫色の綺麗なストレートの髪を靡《なび》かせた二十歳前後の女性は、二、三度顔を合わせたことがある、シオンの兄の婚約者・カミアだった。

「ごきげんよう」

ここは、ウェントゥス家の玄関付近。それぞれ長男次男の婚約者なのだから、お互い婚約者に会いに来たならば顔を合わせることがあっても不思議ではない。

それでもこんなところで会ったのは初めてのことで、アリアは明らかに不機嫌そうなカミアへできる限り優しく微笑み返す。

「カミア様。お久しぶりです」

「ラルフ様はまだですのっ？」

挨拶だけしてアリアの存在などすぐに忘れたかのように振る舞うカミアに、アリアはどうしたものかと所在なさげにその場に留まった。

アリアは、目の前のシオンの兄の婚約者――カミアに、明らかに快く思われていないという自覚がある。

過去に顔を合わせたことは片手に足りるほどの数だが、その度にシオンに対してもアリアに対しても素っ気ない態度を取るばかりだった。

「ご自分の方から呼び出しておいて約束も守れないなんて」

本当にどうしようもない方ですわねっ。と苛立たし気に側仕えへ当たるカミアの姿は気位の高い令嬢そのものだ。

（……でも、なにか違和感があるような……？）

シオンの兄であるラルフとこのカミアが一緒にいるところをアリアがしっかりと見たことはない。けれど、腹立たしげな台詞をまだ戻らない婚約者へ向けるカミアの姿は、ただ怒っているだけのものとは違うような違和感をアリアへ与えてくる。

ウェントゥス家に仕える使用人の一人だろうか。二十代半ばほどの男がカミアの前で礼を執ってなにかを告げる。

「まぁっ、やっとですの？」

アリアには会話の内容まで聞こえてこなかったが、カミアのその反応からすると待ち人がやっと到着したのだろうか。

ぷりぷりと怒りながら、よくよく見ればカミアの耳元が仄かに赤く染まっているような気がして、アリアの目は丸くなる。

（これって……）

僅かに上気して見える怒った顔に、アリアは確信する。

（俗に言う、〝ツンデレ〟ってヤツ――！）

カミアはもちろんゲームには登場していない。けれど、あまりにもデフォルト通りの〝ツンデレキャラ〟がいることに驚いて、見えないところまで行き届いているゲーム世界の設定に感動してしまう。

（こうしてみると、見れば見るほどツンデレさん……！）

確かにカミアの綺麗な顔立ちは、見る者へプライドと気位が高そうな印象を与えてくる。待ち人の遅刻に怒り心頭のその様に、周りの者たちはなんとか気持ちを静めようとしているが、恐らくそれはもうすぐ会えるという期待の裏返し喜《び》だ。

（これって、絶対大好きよね……？）

それが分かってから改めてカミアを見ると、思わず口元がニヤニヤと緩みそうになってしまう。

「……こんなところでなに油を売っている」

「！　シオン」

到着の報告があってからなかなか現れないアリアを不審に思ったのか、わざわざ様子を見に来たらしいシオンに、アリアはぱっと顔を上げる。

「行くぞ」

一言で促し、先を歩いていくシオンへ慌てて付いていきながら、アリアはふとシオンとラルフが不仲だったことを思い出す。

ウェントゥス家の後継者を巡って、ラルフがシオンの弱点であるユーリを痛め付けようとするのは、シオンルートの後半の方のイベントだ。

(……大丈夫、よね……?)

少なくとも、この現実ではそんなことは起こらないだろうと願いたい。

＊＊＊＊

そうしてゲームの展開へと思いを馳せていたアリアは、ほぼ入れ違いでやってきたラルフの存在に気がつくことはなく、そのラルフがアリアとシオンの後ろ姿へ意味深な視線を送っていたことも、それに対してシオンが牽制するかのような眼差しを返していたことも、当然気づいていなかった。


物の少ない、けれど上品で高級感の漂うウェントゥス家の応接室。そこでユーリと並んだ少しだけ懐かしい顔を見つけて、アリアは近くへ駆け寄った。

「イーサン！　久しぶりね」

「アリア」

元気だった？　と笑顔を向ければ、久しぶりの再会にイーサンが嬉しそうにアリアの名を呼んだ。

「お医者様になる勉強、頑張ってる？」

大変なんでしょう？　と、時折連絡を取っているらしいユーリから耳にしたことを思い出し、アリアはにこやかに笑う。

「でも、目標があるんで！　今は結構楽しんでるかも」

ただ学ぶだけでも、目指すべきものがあるとこうも感じ方が違うのかと、イーサンは晴れやかな表情《かお》をする。

そんなふうに再会を喜ぶアリアとイーサンだったが、

「それでイーサン。突然どうしたんだ？」

と、せっかちのユーリがうずうずとした様子でイーサンへ今回の訪問理由を問いかけた。

ユーリはだいぶ前にウェントゥス家に来ていたらしいから、喜びの再会などとうに終えていたに違いない。つまりは、アリアが来るまで聞きたいのを我慢して、二人の挨拶が一区切りつくのを待っていたのだろう。

ユーリにすれば、この辺りが待つ我慢の限界だったのかもしれない。

「そうだったわね。どうしたの？」

イーサンから、話したいことがあるとユーリのところへ連絡が来たのはつい先日のことだった。

アリアの家へ招いても良かったのだが、結果的にあの時のメンバー四人でシオンの元へ集まることになっていた。

「実は……」

以前、アリアに〝どんな些細なことでも〟と言われた言葉に甘えて来たのだと、イーサンは神妙な面持ちを貼り付ける。

「子供が神隠しに遭った、っていう相談があって」

「……神隠し？」

流行病の一件以来、イーサンはちょくちょくあの場所へ顔を出すようになったという。

国内最下層の地域だったあの場所も、最近では少しずつではあるが発展の兆しも見えてきたと嬉しそうに語ってから、イーサンは話を元に戻す。

「隣町も、そんなには豊かなところじゃなくて」

自分の住む町とあの場所に隣接した町での出来事だとイーサンは話し出す。

時折あの場所へ顔を出すうちに知り合った女性から、先日子供がいなくなったと相談を受けたらしい。

「ちょっと遊びに行って消えたって」

豊かさと治安は必ずしも比例しないが、それでもしばしば物取り程度の被害は出る町で起こった出来事だ。

「……単純に家出とか」

「……誘拐？」

話を聞き、眉を顰めたユーリとアリアは一般的な見解を口にする。

「確かに、普通に考えれば誘拐の線が強いと思うんだけどな」

ただ、金目当てにしては貧民層で、身代金の要求などもない。

母親によれば、もうすぐ来る誕生日を家族で祝うのを楽しみにしていたため、家出も考え難いという。

（……もしかして……）

消えていく子供たち。

思い当たる節のあるアリアは、ゲームの展開から思い付く限りの推測へ思考を走らせる。

「それから、もう一つ。こっちはただの噂レベルなんだけど」

全くの別件かもしれないと前置きしながら、イーサンは続ける。

「なんか、そこの花街で妙なクスリが出回ってるらしいとか」

（薬物イベント――！）

いや、ホントにこれは根も葉もない噂なんで！　とぶんぶん手を振るイーサンの姿には気にも留めず、アリアは自分の推測を確信へ変えていく。

元々、例の催淫作用を伴うクスリに関して、アリアが気にしていたのはこちらのイベントの方だった。

ただ、やはり内容はアリアの知るゲームとは少し異なるもので、それはやはりアリアが先手先手を打ってきた結果だろうか。そう考えればいい方向に動いてほしいと願うばかりで、今回のこのケースも、取り返しのつかなくなる前の事件だと考えられた。

「とりあえず、その場所に案内してもらうことは可能かしら？」

どう足掻いても、ゲームの記憶はアリアの中から段々と薄らいでしまっている。大まかな話の流れは覚えているし、思い出してすぐにできる限りの情報を紙に書き出してはいるけれど、それで全てが補完されるわけではない。

それでも、その場所に行けば〝どこかで見たことのある光景〟として事件の早期解決ができるのではないかと思い、アリアは事件現場へ向かうことを即決する。

「！　もちろん！」

すぐにでも、と動き出そうとするイーサンに、シオンの鋭い目が向けられる。

「待て」

「……シオン？」

どうしたんだよ？　と、行くのが当たり前といった様子で眉を寄せるユーリとついていく気満々のアリアに、シオンは厳しい視線を向けてくる。

「どうして行く必要がある？」

「え……？」

「誘拐か家出かは知らないが、それを調べるのはお前たちの仕事じゃない」

この世界にも、〝警察〟のような組織はある。行方不明事件となれば、本来相談をするのはそちらの機関で、それを調べるのも専門機関であるプロの仕事だ。

だからなぜそちらに報告しないのかと問うシオンの指摘はもっともで、返す言葉が見つからない。

「前回のことで懲りていないのか」

「……それは……」

確かにシオンの言う通り、行方不明者の捜索は専門機関の仕事で、アリアたちが個人的に動くものではない。

（でも、それじゃ手遅れになる……！）

ゲームの中で専門機関が動いた結果、真相を突き止めるためにどれだけの時間を要したか。その間にも犠牲者は増え続け、時間の経過と共に事態はどんどん悪い方向へと向かっていく。

アリアには、〝記憶〟がある。アリアにしかわからない、できないことがある。誰一人犠牲者を出さずに（「シオン×ユーリ」ルートの）最高のハッピーエンドをもたらしてみせること――。

「前回のことにしたってそうだ。動くべきはオレたちじゃない」

前回は、仮にもリオが〝王族〟として依頼してきた命令だから従った。王家に仕える公爵家として、それくらいの自覚はあるとシオンは告げてくる。

けれど、気に入らないことは気に入らないのだろう。

「あれはただ、あの王子様が自分の手柄にしたいだけだろう」

ただ、ルイスが。リオのために。リオを将来の皇太子に――、そしてゆくゆくは国王とするために、リオに手柄を立てさせたいだけだろうとシオンは皮肉る。

優しいリオは自らなにかを画策するタイプではないものの、ルイスの策略を止めない時点で同罪だと言い含む。リオの名前をわざわざ出さないところもシオンなりの嫌味に違いない。

ゲームでは、リオは皇太子として、国の安泰のために事件の陣頭指揮を取っていた。

だが、今は違う。今はまだただの王族の一人でしかないリオは、将来皇太子になるためにはそれなりの実績が必要になってくる。

「……でも、たとえそうだとしても、私もリオ様には将来国王になってほしいと思ってるわ」

それでリオの株が上がるというなら喜んで動きたいとアリアは思う。

本来ならば、リオはすでに皇太子になっていたはずなのだ。ある意味それを邪魔してしまったのは他でもないアリアだと思えば、責任すら感じてしまう。

「それに、ちゃんと報告はするつもりよ？」

とりあえず急ぎ確認に行くだけで、それが終わればきちんと報告するつもりだと言って、アリアはシオンの反応を窺う。

「……だったら勝手にしろ」

けれど、譲る様子を見せないシオンに、ユーリの咎めるような声が上がった。

「シオン！」

「オレはもう付き合わない」

「……シオン……」

アリアから目を逸らし、これ以上は聞くつもりはないという意思表示のつもりか、目を閉じて椅子へと深く身を沈めたシオンに、アリアは哀しげな瞳を向ける。

（……そうよね。いつの間にか、シオンが付き合ってくれるのは当たり前だと思っていたけれど……）

ゲームの展開ではそうだったのだからと思い込み、いつの間にかシオンへ甘えることが当然のようになってしまっていた。

シオンに同行してほしいと思うことはアリアの身勝手だ。

「ちょっ、シオ……」

「ユーリ」

いいから。と、なにか言いかけたユーリを手で制し、アリアはシオンへしっかりと向き直る。

「ごめんなさい。貴方を巻き込むのは私の身勝手ね」

ゲームでも、シオンはリオの命ということで仕方なく従っていただけで、それがなければどうなっていたかはわからない。ユーリもまた、ゲームの中ではリオに聞くまで事件のことなど知らなかったのだから。

ゲームでは、ここでユーリが花街へ女装して潜入することになる流れだったが、今回はまだその手前の出来事だ。

「行きましょう」

イーサンへ声をかけ、アリアは静かに立ち上がる。

「……お、おい、アリア……ッ!?」

いいのか!?　と慌てた様子で後を追ってくるイーサンの気配を感じながら、アリアは後方へ振り向くことはしなかった。

＊＊＊＊

「……シオン！　お前、本気で今回来ない気か⁉」

自分も後を追おうと立ち上がりながら、ユーリは深々と座ったままのシオンに声をかける。

「そのつもりだが？」

閉じていた目を開けて、シオンは真っ直ぐユーリを見つめてくる。それに挑むような瞳を返しながら、ユーリはきっぱりと口にする。

「……オレは行くよ」

「お前が行ってなにになる」

魔法も使えず、ただの役立たずだと指摘するシオンに、ユーリは怯む様子もない。

「そうだな。オレは足を引っ張るだけかもしれない」

二人の視線は、まるで睨み合うかのように交わった。

「それでも、来ないんだな？」

「……それは脅しか」

確認するかのように問いかけるユーリに、シオンは嫌そうに眉を寄せる。

「オレは、お前を信じてる」

一緒に来てほしいとは言わない。シオンの意思は尊重したいと思うから。

けれど。

人頼みかと嘲《あざけ》るように笑うシオンに、

「そうだよ」

ユーリははっきりと自分の思いを告げる。

「オレが自分の力でアリアを助けられないこと、悔しくないとでも思うか？」

自分にも魔法が使えたら。

そう強く願わずにはいられない。

けれど、無理なことを願ってただ悔やむだけではいられないから。

「でも、背に腹は代えられない」

だから、利用できるものは全て利用してやると強い決意を見せてユーリは言う。

「来ないなら来ないでいい」

淀みのない、澄んだ瞳がシオンを射貫く。

「だからせめて、セオドアとルークに連絡取らせてくれ」

自分にできる限りの最善を。

「それから、万一の時の連絡手段くらいは」

その強い信頼は一体どこから来るというのだろうか。

「オレは、信じてるからな？」


ユーリの強い言霊に、一人残されたシオンの苛立たしげな舌打ちが響いていた。

＊＊＊＊

王都から離れたとある都市の町外れ。どちらかと言えば貧民層に当たる花街で、妖しげなクスリが出回ると共に行方不明者が出ているということで、ゲームの中のリオは皇太子として調査に乗り出す。

この国では色を売ることは法律で禁じられている。貧民層の花街とはいえ、表向きは〝キャバクラ〟のようなものだと思えばいいだろうか。

調査を依頼されたシオン、セオドア、ルークと共に、ユーリも協力を名乗り出る。内部までは侵入できないシオンたちとは違い、完璧な〝女装〟という手段を使って。

そこでユーリは、仮面パーティーの際に目を付けられたバイロンに、巧みに罠へ誘《おび》き寄せられてしまう。

寂れた雑木林にあった祠《ほこら》の地下でユーリが見たものは、冷たくなった数人の子供たちの亡骸と、生きてはいても正気を失いかけている子供たちの姿。

子供たちの生命力という栄養で自らの魔力を補給したバイロンは、次に主復活のため、幼い子供たちを生け贄にしようとしていた。また、主復活後の栄養補給の供給源にするべくユーリを連れ去ろうと画策する。

その際、まだ完全ではない自らの力回復のために、ユーリの体を貪《むさぼ》り尽く……そうとした時。お約束の展開で、すんでのところでシオンが現れる。

シオン、セオドア、ルークと、後からリオの命で現れたルーカス。四人でバイロンに対峙するが、結果的には逃げられてしまう。

そして、この時点である程度好感度が高まっていれば。

すでにユーリへ手を出した過去を持つシオンは。

――お約束の展開が待っている。


『忘れさせてやる……』

バイロンに襲われかけたショックで放心状態にあるユーリを腕に抱き、シオンが低く囁きかける。

『シオ……ッ、ん……っ』

奪われた唇に正気を取り戻し、慌てて抵抗しようにももう遅い。

『……待……っ、シオ……ッ』

それこそゲームのご都合主義で、ユーリを連れ出した先には他に誰もいなかった。

『シオ、ン……ッ！』

シオンの大きな掌がユーリの身体を弄《まさぐ》って、唇が首筋に落とされる。

『……やめ……っ』


（いやぁぁぁ――っ！）

嫌、と心の中で叫びつつ、アリアは狂喜乱舞で身悶える。

（見たい見たい見たい見たい……っ！）

ゲームの中のあのシーンを、この現実で、生で見ることができたなら、それはどれほど贅沢なことだろう。

それなのに。

（……今回、これに近い出来事は起こらないわよね……）

すでにこの展開は無理だとしても、今までの経験上、似たようなことは起こるかもしれないと考えていたアリアは、今回に限っては全くの未知なる未来だと、がっくり肩を落としてしまう。

なぜなら今回、シオンが早々に戦線離脱しているのだから。

（どうしてこんなことに……）

一体なにがいけなかったのかと、どうするべきだったのかと後悔してももはや遅い。

（とにかく、子供たちを助けないと……！）

生け贄にと攫われた子供たち。

今ならばまだ間に合うはずと、アリアは気合を入れていた。

＊＊＊＊

「そういえばユーリ。封印魔法はそのままなの？」

目立たないよう、町娘ふうの服を買って着替えたアリアは、花街に続く町中を散策しながらユーリの方へ振り返る。

質素な白いワンピースのはずが、アリアが着るとどこからどう見ても、よくて〝いいところのお嬢さん〟に留まってしまっている。

「うん。でも、どうせ魔法も使えないし、今までだってずっとそうだったわけだから、なにも不自由はないよ」

学校の実技などでどうしても必要な時だけ封印を解いてもらっていると言って、ユーリは苦笑いする。

忙しいのに申し訳ないと思いつつ、週に数度はリオの元へ通っているという。

（まぁ、それで二人の仲が深まっていくわけだけれど）

ゲームの中でも中盤以降はそんな感じだったことをアリアは思い出す。

定期的にユーリと顔を合わせることで、リオはユーリの魅力に惹かれていくのだ。

「制御できない魔力なんて、どんなに強くたって意味がない」

時々、リオと共にルーカスのところにも足を運んで指導を受けているものの、一向に思うようにいかないと、ユーリは少しだけ悔しさを滲ませる。

さすがのルーカスもリオの前では不埒なことはできないだろうから、ユーリもその辺りを考えた上での行動なのかもしれない。

アリアの知らないところできちんとリオとルーカスとも交流を深めているらしいユーリに、さすがゲームの強制力だと感心する。

「まぁ、焦っても仕方がない」

「魔法の上達は個人差がありますからね！」

ユーリから連絡をもらったと、後からすぐに合流してくれたセオドアとルークが、励ますような言葉を送る。

「そうだといいんだけどな……」

元々は自分が魔力持ちだなどということは知らなかったのだから、使えなくとも不便はない。けれど、最近の出来事で、魔法が使えたらと強く思うとユーリは唇を噛み締める。

「せめて、みんなの十分の一でも」

悔しそうに呟くユーリの横顔に気づいて、アリアの心は少しだけ痛む。

ユーリの力は王家を凌ぐほど絶大だが、コントロールは全く利かないという類いのものであることをアリアは知っている。これればかりはどうしてやることもできなくて、本当に本人の血の滲むような努力次第なのかもしれなかった。

「しっかし、普通の町っスねぇ……」

「一見した限りでは、なんの違和感も感じられないな」

もちろん、王都のように発展してはいない。けれど王都の外れの地域としてはごくごく普通の町並みで、ルークとセオドアは肩透かしを食らったように周りの風景を眺め遣る。

ものすごく治安が悪いようにも思えない。

少し歩いて見えてきた花街も、ごくごく一般的な範疇《はんちゅう》を超えることなく、なんらかのいかがわしさを感じることもない。

本来であれば、ここで聞き込みをして情報収集をするようなイベントも発生するのだが、アリアは記憶を元にどこかで見覚えのある風景はないものかときょろきょろと辺りを見回した。

（確か、ユーリが誘き寄せられたのは……）

潜入先から、外へ出ていたように記憶する。

少し歩いた、町外れ。そこには、古い祠のようなものがあって……。

（……あそこかも⁉）

花街を奥まで歩いて、それらしき雰囲気の場所を見つけたアリアは、逸る気持ちを抑えながら、不自然にならない程度に雑木林まで足を運ぶ。

「祠……？」

人が滅多に訪れない、寂れた〝神社〟のような一角。現れた古い祠に、セオドアが不審そうにメガネを押し上げる。

旧《ふる》き時代の遺跡物。この世界にこういったものが存在することはそう珍しいことではない。

なにを祀っているのか、もしくは封印しているのか、昔話として子供に言い聞かせる伝承程度のものが残っているだけで、今や忘れ去られた過去の遺産だ。

（確か、地下に大きな空洞があったはず……！）

辺りを警戒しながら、アリアは隠し扉を探して祠の内部を探っていく。

ユーリはここまで誘導され、バイロンの手に堕ちたのだ。

滅多なことがない限り鉢合わせる確率は低いと思いつつ、可能性がゼロではない以上、本来ならばここで引き返すべきなのかもしれない。

けれど、消えた子供たちがここにいるかもしれないと、なんの根拠もないこの状態でどう説得できるだろう。

(それに、待っていたら子供たちを助けられないかもしれない……!)

ゲームでは、ユーリがここを訪れた時点ですでに子供たちは餌食となっていた。

その描写があったわけではなく、バイロンがそれを匂わせていただけだったが、死体もなく完全に痕跡を失くしていた子供たちは、そのまま喰われていたに違いない。

(あった……!)

指先がなにかのスイッチに触れ、ゴゴゴゴゴ……ッ、という低い音と共に不気味な地下道が姿を見せる。

「なん……っ⁉」

「こんなものが……」

「なんっスか、これ……!」

一様に驚きを見せる面々を静かに見つめながら、アリアの瞳には決意が浮かぶ。

「……行って、みる……?」

一瞬にしてその場に緊張感が走り抜けていった。

来る者を呑み込もうとするかのごとくぽっかりと口を開けた空洞の奥からは、アリアたちを誘うかのように仄かな灯火が漏れてくる。

「ここに、子供たちが……?」

「……それはわからないけれど」

ごくりと唾を呑んだイーサンの問いかけに、可能性は高いと思いながらも、アリアは慎重に言葉を選ぶ。

なぜわかったのかと言われても困ってしまう。できる限り「偶然」を装いたい。

「でも、怪しさ満点っスけど……」

ここにいなければ他のどこにいるのだと思わせるほどの不気味さに、ルークもまた息を詰める。

「……ちょっと覗いてすぐ帰るからな？」

意を決したように告げるセオドアに、一同が神妙に頷いた。

大人が二人ほど横に並べるくらいの、落とし穴にも近い自然の階段。深さにすれば二、三メートルほどの坂を下ると、ぽっかりと開けた空洞が広がった。

「……なんだよ、ここ……」

壁一面が光ゴケのようなものに覆われているのか、光が射すことがなくとも困らない程度の明るさがあり、現れたその光景に呆然としたユーリの声が響く。

「なんの目的があって……」

国内各地に残されている過去の遺物。その一つ一つにこんな秘密が隠されているのだろうかと、そんな結論へセオドアが導かれてしまったとしても、それは当然かもしれない。

一同が沈黙し、ぽっかりと広がった空間に唖然と視線を彷徨わせる中。

空洞の奥深く。暗闇に隠れるように横たわっている小さな影を二つ見つけ、アリアは慌ててそちらへ駆け寄った。

「アリア……⁉」

急にどうしたと背後からかかる声に答える余裕もなく、アリアはその影の元まで行くと膝を折る。

そこには、深い眠りに落ちているかのように見える小さな男の子と女の子の姿があった。

「なん……っ⁉」

すぐにアリアの後を追ってきたセオドアの目が見開いて、五、六歳ほどの小さな子供二人の姿に息を呑む。

「……ま、さか……」

「……大丈夫。息はあるわ」

ぴくりとも動かない子供の様子にもしやと戦慄を走らせたセオドアに、アリアは二人の無事を確認すると辺りを見渡した。

(他に囚われた子供はいないわよね……?)

もし他にも攫われた子供がいたとしたら、ここに残しておくわけにはいかない。

素早く空洞内に視線を走らせると、アリアは他に影がないことを確認する。

「その子たちが……?」

「嘘だろ……」

「マジでか……」

昏昏と眠る子供たちを見下ろして、ユーリ、ルーク、イーサンの、三者三様の愕然とした呟きが漏れた。

「この子たちを連れてすぐに戻りましょう」

こんな危険な場所に、一秒でも長くいる利点はない。

子供たちの救出という目的が果たせたならば一刻も早くこの場を立ち去るのが賢明で、アリアはセオドアに男の子を預け、自分は女の子を抱き上げて入り口へと踵を返す。

と……。

（……泣き声……？）

ふいに、どこからか赤ん坊の泣き声が微かに響いたような気がして、アリアは空耳かと振り返る。

（気のせいじゃない……！）

「イーサンッ、この子をお願い！」

「アリア⁉」

アリアは腕の中の子供をイーサンへ預けると、足早に外へ向かっていたメンバーから離脱して、確かに聞こえた声の方へと走り出す。

すると、先ほどの子供たちが転がされていた場所とは別方向。奥まった、完全に死角となっていた声の響きにくい細い空洞に、ほとんど生まれたばかりと思われる赤ん坊が転がされていた。

「アリア……！」

「すぐ行くわ……！」

急いで抱き上げ、先ほどと同じように他に人影がないか周りを確認すると、早くとこちらへ手を伸ばしてくるユーリに向かって走り出す。そんなユーリへ自らも手を伸ばし、しっかりと手を繋ぐとユーリに支えられながら足元の悪い自然の階段を登り切る。

そうして妙な緊張感からバクバクと心臓を高鳴らせながら地上に出れば、すぐに優しい陽の光が広がった。

（よかった……）

何事もなく子供たちを救出できたことに安堵の吐息を漏らし、アリアは頭上から降り注ぐ太陽の眩しさに目を細める。

（あとは、リオ様に報告して……）

この状況証拠を説明すれば正式に国も動き出すだろうと、ほっと肩を落としたその瞬間。

「ユーリッッ！」

ただならぬ冥い気配を感じ、アリアは二、三歩先を駆け出していたユーリへ、腕の中の赤ん坊を投げ出した。

生まれたての赤ん坊ならばとても軽い。とっさに風魔法を操って、赤ん坊をユーリの腕の中まで届けると。

「その子を……！」

お願い！　と言い終わるより前に。

「おやおや、また貴女ですか……」

わざとらしい溜め息を吐き出した闇の手に、アリアは捕まっていた。

「……っ！　バイロン……」

「！」

一体どこから現れたのか、先ほどまで気づかなかった気配に心の中で舌打ちしながら、アリアは背中に冷たい汗が流れ落ちていくのを感じる。

「……なぜ、その名前を……？」

（しまった……！）

思わず口から滑り落ちてしまった失言に後悔するも、すでに遅い。

「……貴女は、本当に興味深い人ですねぇ……」

バイロンの双眸がすぅ……、と細められ、口元へ愉しそうな笑みが浮かぶ。

「アリア！」

不穏な空気を察して慌てて駆け戻ったセオドアとルークの瞳が、男の腕に囚われたアリアの姿を映し込んで鋭い光を放つ。

援軍に、バイロンの意識が一瞬だけそちらへ向いた瞬間。

「大丈夫っ！」

「……っぅ……！」

闇の者が苦手とする光属性の目眩ましを放って、アリアはバイロンの腕から抜け出した。

「イーサンとユーリは子供たちを安全な場所へ！」

すぐに指示を飛ばすアリアに、イーサンはセオドアから子供を受け取ると、大きく頷いて両肩に子供二人を担いですぐに駆け出していく。

「アリア……！」

全てを納得したわけではないのだろう。それでもアリアへ意味深な視線を投げてから、ユーリもまた赤ん坊を胸に抱いてその場から背を向ける。

残されたのは、セオドア、ルーク、アリアの三人。

二人はこの男の正体を知らないが、攻撃特化のセオドアを中心に公爵家三人の魔力《ちから》をもってしても、力を取り戻したこの男には敵わないことをアリアはゲームで知っている。

（問題は、どのくらい力が戻っているか……）

目覚めてから、それほど時間はたっていない。現時点のイベントの進み具合から考えても、完全には力を取り戻していないだろうというのがアリアの見解だが、それもどこまでかわからない。

「……」

これ以上ない緊張感が辺りを満たし、弾かれた己の手を確認するかのようにまじまじと目を落としたバイロンは、ほぅ……、と面白そうな吐息をつく。

「まさかの、光魔法、ですか……」

光魔法はかなり稀有だ。

ユーリの例もあり、必ずしも遺伝と関係するものではないものの、基本的には王家に近い者ほどその力は強い。

五大公爵家は大体なにかしらの形で王家の血を汲んではいるが、この中で最も光魔法に優れているのはアリアだろう。

予想外の反撃に面白そうに口元を歪めた男の姿に、アリアは結界魔法を展開する。

「ここで、貴方を止めてみせる……！」

先手必勝、とばかりに光の矢を放ち、アリアは自分自身へ言い聞かせるように宣言する。

ここでバイロンを消滅させることができたなら、これから先起こり得るかもしれない悲劇に早々と終止符が打てる。

アリアたちに勝算があるとすれば、まだ力半ばのバイロンを叩くことだ。

「アリア！　あんまり無茶するなよっ？」

「オレ、補助魔法系《サポート》は苦手なんスけど……！」

すぐにアリアの隣へ回り込み、臨戦態勢に入ったセオドアとルークが、それぞれ攻撃魔法を展開する。

セオドアはまだしも、一つ年下のルークは魔法学園にも入学していない。つまりは本格的な魔法演習にはまだ入っていないはず……、ということで、焦った様子で苦手分野を主張するルークに、アリアはそれは仕方のないことだと腹を括る。

光を放つ細い鎖のようなものを作り上げ、アリアはバイロンを拘束しようとその足元から光魔法を構成させる。

それに気づいたセオドアが、追い討ちをかけるように火炎放射器を思わせる勢いで渦巻く炎を発射させるが――。

パリン……ッ、と音なき音を立てて光の鎖が砕け、セオドアの放った業火は、バイロンへ届く目前で霧散した。

（……強い……！）

アリアの背中を、嫌な汗が流れ落ちる。

（……ここまでなんて……！）

これが全ての力を取り戻した結果なのか、それともこれでさえ力半分なのか、アリアにもわからない。

ゲームと違って総ＨＰが見えるわけではない。

ただ一つ、ここまでの力を得るために、アリアの知らないところで見えない誰かが犠牲になっていないことを心の底から願った。

「……なかなかやりますね」

そう言いながら、バイロンの口調はかなり涼しげだ。

「お返しさせていただきますよ」

余裕の微笑みで宣言し、ぐっ、と突き出した掌から冥い炎が放たれる。

「光の盾《ライト・シールド》よ……っ！」

「アリア……!?」

セオドアとルークの前へ出て、アリアは得意とする防御魔法で闇魔法を迎え撃つ。

「……っく……！」

単純な力勝負では押し負ける。

「アリア……！」

少しでも力を抜けば体ごと持っていかれそうになる勢いに足元へ力を込めながら、アリアは歯を食いしばる。

「……ぃあ……！」

アリアの細い身体が後方へ傾き、けれどそれと同時に闇の力もその場で弾け飛ぶ。

「アリア……！」

「大丈夫……っ」

白いワンピースの所々が浅く破れ、そこからピンク色の裂傷が覗く。あちこちに浅い傷を作ったアリアへ焦燥の声がかけられて、アリアは肩で大きく息をつきながら心配しないでと声を返す。

実戦は初めてだが、この程度の戦闘は、何度かシオンに付き合ってもらった架空世界で経験済みだ。本当に今まで訓練してきて良かったと思う。

と。

「……っ⁉」

ふいにバイロンの姿が闇に溶けるかのように掻き消え、その姿を追って三人の間に緊張が走る。

「……んぅ……っ！」

「アリア……ッ‼」

刹那、背後に現れたバイロンに腕で首を締め上げられ、アリアの顔が苦痛に歪んだ。

（……息、が……っ）

喉をキツく塞がれて呼吸が止まる。

なんとか魔法を組み上げようと試みるが、酸欠の苦しみで上手く魔力を操れない。

「アリアを離せ……っ！」

アリアを巻き添えにすることを恐れてか、攻撃の手を止めたセオドアが叫ぶが、もちろんそれが受け入れられるはずもない。

「我が主から拝領されし、魔封じの縄」

「……っ！」

言葉と共に、細い縄のようなものがするすると蛇のようにアリアの全身へ絡み付いていく。

「手順がなかなか難しくてね。この世に二つとない貴重品だよ」

だから光栄なことだと甘受しろとでも言うのか。

（……って、こんなところまでいちいち十八禁設定を守ってくれようとしなくていいのよ……っ！）

元々魔力を操れないユーリ相手に、ゲームの中でこんな小道具が出てきた覚えはない。

だが、アリアを拘束する黒い縄は、アリアの華奢な身体のラインを妙に主張するように締め上げてきて、アリアは嫌でも思い起こさせるゲーム設定に舌を鳴らす。

色気や妖艶さはないけれど、それなりには育っているアリアの女性としての身体を、黒く細い縄はいやに浮き彫りにする。

リオがユーリに施した封印魔法を思えば、バイロンの主が似たような術を使えることはおかしくないが、呼吸が戻った代わりに縛り上げられた拘束のきつさに、アリアは酸素を求めて口を開く。

「……は……っ」

バイロンの言う通り、意識を集中させても魔法が発動する気配はない。

「我が主への手土産にちょうどいい」

嬉しそうに笑ったバイロンは、アリアの腰を抱くと肩口から滲み出ていた細い血の痕を見つけ、御馳走を前にしたかのように目を細めて傷口へ赤い舌を這わせてくる。

「……ぃや……っ」

「アリア……ッ!」

ゾクリという悪寒が背筋を走り、思わず悲鳴を上げかけたアリアへ、セオドアの瞳に明らかな殺意の色が灯る。

「……ほぅ……?」

味見を終えたバイロンから、意外だとばかりの感嘆の声が漏れた。

光魔法を使える時点で少しは予想していただろうが、恐らくは想像を上回る質の高さに、極上の餌を見つけた捕食者を思わせる歓喜の色を瞳に浮かばせ、バイロンの口元が残忍に歪んだ。

「アリア(嬢)……ッ!!」

瞬間。

「んぁ……っ!」

ザシュ……ッ! と。鋭利になった男の爪先がアリアの胸元を切り裂いて、その勢いで細い身体が仰け反った。

「……は……っ」

鮮血が流れ出し、アリアは細い息を吐く。

致命傷にはほど遠いものの、ズキズキとした痛みに頭が熱くなって顔が歪む。

「……んぅ……っ！」

バイロンの顔がアリアの胸元へ埋められて、ズルズルという音がアリアの脳内へ直接響く。

流れ出る血液と共に、魔力までもが吸い上げられていく。

血と魔力が体内から急速に失われていく感覚に、意識に靄《もや》がかかってくる。

まさに〝喰われる〟とはこういうことではないかということを実感する。

「これはいい……」

バイロンの口から恍惚《こうこつ》とした吐息が漏れる。

まだ覚醒し切っていない力を回復するための役目を自分が担ってしまっているかと思うと、悔しさに泣きたくなってくる。

この場でどんなにアリアを痛めつけようと、この男はアリアを殺すまでのことはしないだろう。

ユーリほどではないにしろ、アリアの魔力も極上だ。それを知った以上、バイロンがアリアをそう簡単に解放するとは思えない。

このまま人質のような形で敵の手に堕ちたら最後、自分の身にどんな残酷な仕打ちが待ち構えているかなど、想像に難くない。

そんなことは、耐えられない。

ならばいっそ。

「セオドア……」

優しい幼馴染みへ弱々しい瞳を向け、懇願するかのように口を開く。

「私ごとで、構わないから……」

――攻撃して。

「……んな……っ⁉」

弱々しく紡いだ言葉はセオドアまできちんと届くか心配だったが、ちゃんとわかってくれたらしい。

アリアから告げられた思わぬ言葉に、セオドアの瞳が驚愕に見開いた。

「……構わない、から……」

このままこの男の完全復活の糧となり、主さえ甦《よみがえ》らせる手伝いをしてしまうのならば、今までアリアがしてきたことの存在意義そのものがなくなってしまう。

待ち受ける、拷問のような仕打ちを思えば、いっそ今ここで、と心中覚悟でバイロンに挑む方が遥かにましだった。

攻撃力の高いセオドアの魔法なら、本気でかかればなんとかなるかもしれない。そして、運が良ければ大怪我程度で済むかもしれない。

「……セオドア……」

――お願い。

震える懇願に、空間が凍りつく。

しかし、その時、空間がなぜか渦巻くような歪みを見せ、今までなにもなかった虚空から、三つの影が現れた。

(転移魔法……!)

それほどの高度魔法を操れる人物など、一人しか思い浮かばない。

始めはぼんやりとした人影だったそれはすぐにはっきりとした輪郭を形取り、その中の一人が、一瞬にしてアリアの姿を見つけ出した。

アリアの身体は血にまみれ、ぐったりと力をなくしかけていた。

さらにはそこへ黒く細い縄が絡み付き、胸元が弱々しく上下する。

「アリアに……っ、なに、してんだよ……っっっ!」

可愛らしい顔を完全に怒り一色に染め、ユーリが叫ぶ。

その瞬間。

パシン……ッ、と。アリアを拘束していた黒い縄が光を放って弾け飛んだ。

「……ユー、リ……?」

はぁ、と大きく息を吐き出したユーリの身体は仄かに輝き、その様子をセオドアが呆然と見つめる。

と同時に、バイロンが怯んだ隙を見逃すことなく、シオンがアリアの身体へ手を伸ばして掬い上げてくる。

「危機一髪、ってところかな?」

その場に似つかわしくない穏やかな微笑みを浮かべ、最後の一人が前面に立ってバイロンへと向き直る。

「ルーカス様……」

なぜここに。と、掠れたルークの声が上がった。

一度に起こったそれらの出来事をぼんやりと眺めながら、アリアは自分を抱き上げている人物へ顔を上げる。

「シ、オン……？」

どうして……？　と、いるはずのないその姿にこれは幻だろうかと思う。

もう助けないと。勝手にしろと言われたはずだった。

けれど、幻にしては確かに感じる体温に、アリアは程よく筋肉のついたシオンの腕を弱々しく掴む。

「……ユーリのヤツに、な」

苦々しく呟く言葉の先は、口にされないでも、ユーリがシオンを説得したことを示していた。

「……ユーリ、に？」

なんとなくその時の様子が想像できてしまう気がして、アリアは弱々しい微笑を溢す。

「……さすがユーリ、ね」

ユーリに説得されれば、さすがのシオンも折れるしかないだろう。

やはり主人公は偉大だなと感心しながら、図らずも光魔法を放って茫然としているユーリの後ろ姿へ目を向ける。

「……止血するぞ」

その向こうでは、ルーカスの容赦ない攻撃魔法がバイロンへと降り注ぐ。

この二人の戦いであれば、現時点では互角くらいだろうか。ぼんやりとそんなことを考えながら、アリアはシオンの言葉に抵抗することなく、回復魔法を紡ぎ出すシオンの掌を受け入れる。

「誰か援護できるなら援護を」

別段圧されているようにも見えないが、振り返って声をかけてきたルーカスに、セオドアとルークが後に続く。

「……ユーリ、コイツを頼む」

止血は済んだ。と、まだ茫然としているユーリへアリアを預け、シオンもまた攻撃の輪の中へ参戦する。

「アリア……ッ。大丈夫⁉」

「……ありがとう。全部、ユーリのおかげね」

あちこち傷だらけのアリアの姿にハッと我に返り、慌てた様子で窺ってくるユーリへ、アリアは静かに微笑み返す。

リオの封印魔法を強引に解いた上で放たれた光魔法。

シオンのことはもちろん、他人のために発揮される強大な魔法《ちから》を目にして、さすが主人公《ユーリ》だと嬉しく思ってしまう。

そして、繰り広げられる壮絶な攻防戦を前にして、ユーリとアリアは、隙をついて撤退を決めたバイロンの姿が消えるまで、その戦いを固唾を呑んで見守っていた。

逃げ足の速いヤツだね。と、悔しげにちっ、と舌打ちをしたルーカスからは、ぞわりとするほどの殺気が立ち込めていた。

この場で消滅までさせられなかったことが相当悔しかったのだろう。それはある意味アリアも同じで、四人で対峙してさえ「逃げられる」という結末となったゲーム通りの展開に、人知れず悔しさを噛み締めてしまう。

「……どこか休ませられるところはあるか？」

一時的に預けていたユーリの手元からアリアの身体を抱き上げて、まだ抑え切れぬ殺意を滲ませているルーカスへ、シオンは平然と問いかける。

「それなら、王宮の馬車を手配しておいたけど」

チラリと満身創痍《そうい》のアリアへ視線を投げ、今ならば無人のはずだから使えばいいと、近くまで来ているはずの馬車の存在を示唆して、ルーカスは答えを返す。

もしルーカスがゲーム通り師団長としてここへ来ているのであれば、もしかしてリオも来ているのかと思い、アリアは自分が起こした事態に申し訳ない気持ちでいっぱいになってくる。

心優しいリオのことだ。今回のこともまた、ひどく心を痛めるに違いない。

「シオン……ッ、自分で……っ」

元来た道を少し戻れば、そこには数台の馬車が停まっていて、シオンはアリアを抱いたまま無人の馬車の中へ無断で足を踏み入れる。そうして〝お姫様抱っこ〟状態だったアリアを静かに椅子へ横たえてくるシオンに、アリアは慌てて声をかける。

治癒魔法を使うつもりなら、少し休んで魔力が回復さえすれば、自分自身で処置できる。

もしくは薬《ポーション》を、とも思ったが、緊急事態でもないのでそこまではという遠慮もあって言い出せない。

「それだけ魔力が枯渇していてなにを言っている」

魔力だけでなく血も足りないだろうと、貧血に陥っているアリアを強引に黙らせて、シオンは治癒魔法を宿らせた掌をアリアの腕へ滑らせる。

「で、でも……っ」

浅い裂傷はアリアの全身に及んでいる。

治療目的だとわかっていても、その大きな掌が全身へ翳されるのかと思ったら、羞恥でどうにかなってしまいそうだ。

「シオ……」

「いいから黙ってろ」

明らかに怒気の含んだ声色にそれ以上なにも言えなくなり、アリアはあまりの恥ずかしさからぎゅっと瞼を閉ざす。

「……っ……」

シオンの掌が触れるか触れないか程度の微妙な距離感で肌の上を滑っていき、仄かな暖かみを伴った癒しの光がアリアの傷を治していく。

直接触れられているわけではないというのに、確かに感じるシオンの掌の感覚にびくりと身体が逃げの体勢を取ってしまう。

「……お前は、どうしたら懲りるということを覚えるんだ」

反対側の腕にも治癒魔法をかけながら、苛立たしげに向けられた鋭い眼差しになにを返したらいいのかわからない。

（……怒って、る……？）

怒気を孕んだ空気を前に、アリアはそれも当然のことだろうと身を小さくする。

あれほど止められたにも拘わらずこんな失態を招き、その上結果的にまたシオンたちに迷惑をかけることになったのだから。

「……あの、シオ……」

「わからせないとダメか？」

ごめんなさい。と言いかけた言葉の先は、鋭い視線を前にして、声になる前に空気へ消えた。

「一度痛い目をみなければわからないというのなら」

「……ん……っ」

足元から腿《もも》までゆっくりと滑っていく掌に、反射的に肩が震える。

「オレが、一生消えない傷を残してやろうか？」

「……え……」

シオンの右手が怪我などしていない腹部あたりに意味深に触れてきて、一瞬呆気に取られた後に、その意味を悟ったアリアは瞬時に顔を紅潮させる。

「……な……っ？」

止血しただけだった胸元の傷を確認しようとでもいうのか、シオンの手がギリギリまでワンピースの胸元部分を引き下げてきて、さらなる羞恥で頭がおかしくなりそうになる。

「他のヤツに暴かれるくらいなら」

「……ん……っ」

低く囁かれるような吐息が胸元にかかって肌が粟立つ。

そのままシオンの髪の感触が首元にかかって、アリアは思わずシオンの身体を押し退けるように手を突っぱねる。

「このまま、オレのものにしてやろうか」

けれど、囁きと共にアリアの抵抗はシオンの手の中へと封じられ、アリアは驚きに目を見張る。

（嘘でしょ……!?　嘘うそウソ……っ!?）

もはや頭の中はパニックだ。

止血しただけだった胸元の傷に顔が埋められ、傷口の上からシオンの這うような唇の感覚がする。

それと同時に確かに痛みが引いてその部分が治されていくのもわかるが、治療のためにわざわざそんなことをする必要もない。

「シオ……ッ、待……っ」

シオンの左手が、まだ治療の終えていない右足に残された浅い傷口を癒していく。けれど、それと同時に傷を癒すはずの動きが、明らかに別の意図を持ち始めたことに気づいて肩が震えた。

(なんで……⁉　なに⁉)

一体なにが起こっているのかわからず、アリアの思考は混乱する。

(ユーリじゃないのに……！)

シオンには、ユーリがいる。ユーリ相手ならばわかるが、なぜこんなことになっているのだろう。ゲームの中で、怪我をしたユーリを治療するシオンの姿ならば何度も見た。その度に不埒な真似をするシオンにきゃーきゃーと黄色い悲鳴を上げたものだが、今はただただ動揺するだけだった。

「……こんな、ところ、で……っ」

胸元にシオンの吐息を感じて肩が震えた。

思わず滑り出た制止の言葉はそんなもので、なんらシオンの行為を止める理由にはならない。

「こんなところでなければいいのか？」

「そーゆー意味じゃ……っ」

顔を上げることもなく胸元から聞き返され、アリアは焦躁の声を上げる。

色気のない。と抵抗を制されて、もうどうしていいのかわからない。

「少し黙れ」

純真無垢な少女のアリアと、こんな時でさえシオンのあまりの色香に惑わされてしまうミーハーなアリアが混在する。

「……ん……っ」

腰から上へとシオンの長い指先が滑っていって、アリアは思わず出そうになる甘い吐息を噛み殺す。

と……。

ココン……ッ。

「シオン、ちょっといいか？」

馬車の扉を叩く気配があって、ルイスと思われる声が中まで届く。

それに慌てて身を起こそうと力を入れるも、シオンの拘束を前にそれは無駄な足掻きとなっただけだった。

「取り込み中のところ申し訳ないんだが」

ガチャリ、とドアが開き、ルイスが顔を覗かせる。

（待って待って待って……！）

一人混乱の渦の中へ突き落とされるアリアを置いて、ルイスは顔色一つ変えることもない。

羞恥はあるが、これで解放されると安堵しかけていたアリアは、二人のその様子にさらに窮地へ落とされることになる。

「シオ……ッ」

そこにルイスがいるというにも拘わらず、シオンの唇がアリアの首筋へ落ちた。

「なんだ」

視線を向けるでもなく言葉だけをルイスへ返し、シオンの指先が明らかな意図をもってアリアの脇腹を撫で上げてくる。

「……ぁ……っ！」

びくんっ、と跳ねるように背中が仰け反り、悲しくもないのにじわりとした涙が浮かんだ。

「リオ様がお呼びだ」

ただただ淡々と告げられる言葉の前に、余計に羞恥が強くなる。

シオンは仕方ない、とでも言いたげに肩から息を吐き出して、それと同時にアリアの首筋へ軽く歯を立ててくる。

「……ん……っ」

甘噛みに、閉じた瞼が微かに震えた。

「わかった。すぐに行く」

この言葉に、密かにほっと安堵の吐息を零しかけたアリアだが、その数秒後。

「続きはまた後だな」

耳元に囁かれ、全身が火の吹くような熱に晒される。

「アリア。お前も大丈夫だな？」

ルイスからなんの感情も読み取れない声色で確認され、アリアは「はい……」と小さく頷くことしかできなくなる。

もはや恥ずかし過ぎてルイスの方へ顔が向けられない。

あちこち破れた服を見かねたように、シオンが車内にあった蒼色の膝掛けのような生地をアリアの華奢な肩へかけてきた。

「歩けないなら抱いていくが？」

「大丈夫……っ」

その申し出には全力で首を振り、アリアはシオンに支えられるようにしてリオの元へと足を運んでいた。


子供たちが囚われていた祠の奥の探索が行われているのか、雑木林の古びた遺物の前にその姿はあった。

「アリア！」

アリアの姿を目に留めると、開口一番「大丈夫かい？」とひどく心配そうな表情でアリアの元まで歩み寄ってきたリオを見て、罪悪感に襲われる。

「……大丈夫、です……」

怪我そのものはすでにシオンの治癒魔法で傷一つなく治されているものの、恐らくリオが言いたいことはそういうことではないだろう。それをわかりつつも、アリアは小さくそう返すことしかできなかった。

「大怪我だった、って聞いたけど……」

「……それは……」

シオンが先ほどかけてくれた蒼い布は、アリアの上半身を隠すように覆っていたものの、どこからどう見てもアリアの姿がボロボロなのはわかることで、アリアはリオの顔を見ることもできずに俯いた。

「大事に至らなかったならいいんだ」

「……ご心配おかけして申し訳ありません……」

できる限り冷静にいようとするリオの空気が伝わって、アリアはただただ恐縮する他ない。

「……だけどね、アリア」

一度目を閉じ、リオは自分の中に湧き上がる感情を抑えようとするかのようにぐっと息を呑んでから、静かにアリアの顔を見つめてくる。

「どうして君はそう無茶ばかりするんだ」

リオにしては珍しく、瞳には強い憤りが籠っていた。

「君のしたことは、とても誉められた行為じゃないよ？」

ボクの言いたいことはわかるよね？　と強い口調で尋ねられ、返す言葉が見つからない。

もしアリアがすぐに動かなければ攫われた子供たちがどうなっていたか、なんて、この場で言い訳として出すのは卑怯な気がする。

きっと、そんなこと、リオも分かっているのだろうから。

それでも大切な従妹に傷を負わせてしまった事実に、優しいリオが心痛まないはずがない。

「このままじゃボクは、君のお父上に全部話さなくちゃならなくなる」

「それは……！」

厳しい口調で見下ろされ、アリアはハッと縋るような瞳をリオへ向ける。

アリアを溺愛している父のことだ。今回のことを耳にすれば、それこそ外出禁止令を出されても不思議はない。下手をすると、学校すら行くことが危ぶまれるかもしれない。

「ボクもね。さすがにそこまではしたくないよ？」

「リオ様……」

哀しげな表情で微笑まれ、ズキリと胸の奥が痛む。

もう二度とこんなことはしないから。と、嘘でも言えないことをひどく申し訳なく思う。

まだ、なにも解決していない。これから起きる未来《こと》を知ってしまっている以上、それをただ大人しく甘受していることなどできないのだから。

「アリア」

普段穏やかなリオらしからぬ強い瞳がアリアへ向けられて。

「……はい」

「もう、こんな無茶な真似はしないでくれ」

恐らく、言っても無駄とはリオもわかっているのだろう。けれど言わずにはいられない制止の言葉に、アリアの顔が泣きそうに歪む。

そんなアリアに静かに溜め息を吐き出して、リオはアリアを支えるようにして立っているシオンへ向き直る。

「それからシオン」

待たせたね。と、呼び出しておきながらここまでアリアばかりに気を取られていたことを謝罪して、リオは柔らかな微笑みを取り戻す。

「今回もいろいろとありがとう」

シオンの報告のおかげで迅速に動くことができたと話すリオに、シオンの顔が複雑そうに顰められる。

「いや、オレは……」

今回は動くつもりはなく、全てユーリに言われただけだと言外で匂わせるシオンの態度に、リオは小さな苦笑を漏らす。

「……そうだね」

なんとなく言いたいことがわかったのだろう。

近すぎず遠すぎない場所からチラチラと心配そうに視線だけを投げてくるユーリへ顔を向け、リオもまたユーリの影響力に同意する。

そして、その視線に気づいたユーリを近くまで手招くと、

「ユーリも、封印魔法を強制解除するなんて普通じゃないよ?」

と、困ったような微笑を浮かべてみせる。

絶大な魔法能力《ちから》を持つはずのリオが施した呪符を解除してしまうほどのユーリの魔力。しかも、リオの封印魔法だけでなく、相反する闇の封印術すら砕いてみせた。

「君の魔力は未知数だね」

「……え……？」

普通ではない魔法《ちから》を発揮した潜在能力を指摘するリオの言葉に、ユーリ自身はいまいちわかっていない様子で小首を捻る。

それから、

「とりあえず今日は疲れただろうから、もう休んでもらっていい」

詳しくはまた後日。と口にするリオ自身はまだまだ事後処理があるのだろう。

ルイスを伴い、祠の方へ歩いていく後ろ姿を見送って、アリアは大きく身体の力を抜いていた。

＊＊＊＊

いつの間にか、そこには新たな馬車が数台用意されていた。

「アリア。来い」

帰るぞ。と、なにかを躊躇《ちゅうちょ》するかのようにその場に留まろうとするアリアへ、至極当然の様子でシオンの手が伸びてくる。

「……えと……、あの……、シオン……？」

おずおずと視線を返しながら、足はその場に縫い留められたかのように動かない。

無表情でアリアを待つシオンの強い視線からは、これ以上アリアが動かずにいると問答無用で抱き上げて連れていかれそうな予感がした。

「……そ、その……っ」

――『続きはまた後だな』

先ほどのあの言葉は、どこまで本気だろうか。

シオンに促されるまま馬車へ同乗してしまったら取り返しのつかない事態を招く気がして、アリアは不安に揺れる瞳を彷徨わせる。

周辺には同じく帰り支度をするセオドアやルーク、ユーリもいたが、イーサンの姿はそこにない。とはいえ、今のアリアにそれを気にする余裕はなく、目に入った優しい幼馴染みへ救いを求めて声をかける。

「セッ、セオドア……！　一緒に帰ってもいいかしら⁉」

その瞬間、明らかにシオンの眉が不快そうにぴくりと動いたのを感じ、アリアは声にならない悲鳴を呑み込んだ。

助けて、と。言葉にならない懇願を、驚いたようにこちらへ顔を向けたセオドアに送る。

すると、必死の様子のアリアになにかを悟ったのか、セオドアはやれやれと一つ大きく息を吐き出すと、天敵であるはずのシオンへ向き直る。

「……シオン。リオ様からもしっかりと絞られたことだし、今日のところは許してやってくれないか？」

（セオドア……）

シオンとアリアの間に割って入り、セオドアは困ったような微笑を口元へ刻む。

二人の問題だからと突き放すこともできるだろうが、困っている人間を見捨てられないセオドアの優しさに、アリアは内心ほっと安堵の吐息を漏らす。

仮にも婚約者を他の男へ任せるなど、通常ではあり得ない。

けれど、静かな睨み合いを続けること数十秒。一つ溜め息を零したシオンは、なにを言うでもなく馬車の中へ消えていった。

「アリアッ」

「ユーリ？」

そこでリスかなにかの小動物を思わせる動きで駆け寄ってきたユーリの明るい声に、アリアはどうかしたのかと小首を捻る。

「シオンには、オレがついていくから」

任せて。と笑顔を浮かべるユーリの癒しの効果は絶大だ。

「……ユーリ……」

まるでそこだけキラキラと輝いているかのような幻を見た気がして、アリアは改めてユーリの偉大さを思い知らされる。

「ありがとう」

「じゃ、また明日」

ユーリだって言いたいことはたくさんあるだろうに、なにも言うことなくシオンの乗った馬車まで走っていく後ろ姿に、アリアは全て救われるような心地がした。

シオンの元にユーリが行ったならば大丈夫だろう。

ごく自然にそう思えてしまい、肩の力を抜いたアリアは、セオドアが乗る馬車の足かけ部分へ足を乗せていた。

＊＊＊＊＊

「……アリア。そういう目で見るのはやめろ」

ガタガタと帰路に就いた馬車の中。前に座る幼馴染みへぼんやりとした視線を送っていたアリアは、セオドアのその言葉に「え？」と瞳を瞬かせる。

「……シオンでなくとも理性が危なくなる」

苦笑いと共に軽く視線を逸らされて、その言葉の意味を理解するまで約五秒。

「……っ！」

シオンとアリアの間で〝なにか〟があったことを察しているらしいセオドアの言動に言葉を失い、アリアの顔は沸騰した。

「セッ、セオドア……ッ」

紳士なセオドアの口から放たれた言葉だとは到底思えず、アリアは羞恥に身をすくませる。

「……本当に最近のお前は目が離せない」

深い溜め息と共に呆れたような声が漏らされて、アリアはますます華奢な身体を萎縮させる。

「言っておくけど、俺だってリオ様やシオンに同意見なんだぞ？」

「……ごめんなさい……」

まったく……。と、リオとシオンの怒りを前に、なんとか自分だけは平常を保とうと努力しているのだと、少しだけ怒りを滲ませるセオドアに、アリアは謝罪の言葉を口にする。

「……あんな、自分ごと、なんて……」

あの時のことを思い出すだけであまりの恐怖に背筋が凍る。と、呟くように語られる言葉は、アリアに向けられているようでそうではない。

「……おかげで、気づきたくないことに気づかされた」

「……え?」

ぽつり、と。セオドアの呟きは遥か遠くへ向けられる。

「あの瞬間、オレがどんな思いをしたかわかるか?」

自分ごと攻撃しろ。だなんて。

男と一緒に自分を殺せと言っているようなものだろうと、セオドアは厳しい目をアリアへ向けてくる。

「なんで、あんな残酷なこと……」

できるわけがないというのに、男の消滅と引き換えにあっさりと自分の命すら投げ出してみせたアリアに、セオドアは困惑しつつも戦慄する。

失うかもしれない恐怖と、ただ見ていることしかできないことへの強烈な絶望感。

誰かを殺してやりたいなどという明確な殺意を、生まれて初めて覚えたとセオドアは口にする。

セオドアとアリアは、物心ついた時から仲の良かった幼馴染み。アリアの方が少しだけ早く生まれたとはいえ、互いに兄妹のようだと認識している関係だ。

「……冗談でも言うな」

己の手で大切な幼馴染みへ傷を負わせることなどできるはずがないと、セオドアは真剣な眼差しを向けてくる。

その時のことを思い出してしまったのだろうか。僅かに指先を震えさせたセオドアへ、アリアは自分の軽率さを思い知る。

「……ごめんなさい……」

この優しい幼馴染みへ、もう少しで一生心に残る傷を負わせるところだった。

己の身勝手さに泣きたくなって、アリアは震える唇で謝罪する。

「……この件に関してだけ言えば、俺はどちらかと言えばヤツの味方だ」

その言葉は、どうしたらわからせることができるのかと怒りさえ湧いてしまうのだと告げていて。

ピク、と反応を見せたアリアへ、苦笑にも似た柔らかな微笑を浮かべてセオドアは静かに口を開く。

「お前が、大切なんだよ」

＊＊＊＊

時同じくして、こちらはシオンとユーリの乗る馬車の中。

「……お前、なにイライラしてるんだよ？」

深々と椅子に腰をかけ、無言のまま目を閉じているシオンを前にして、ユーリは畏れ多くもその不機嫌さを気にすることなく、可愛らしい顔を顰めていた。

「ごめん。違うか」

ふぅ、と一度小さく息を吐き、ユーリは再度シオンの顔を見上げる。

「お前が苛立つ気持ちはわかるんだ」

シオンとはベクトルが違う方向に向かってはいるが、総称すれば全員気持ちは同じだろう。

「でも、それなら始めから傍を離れなきゃよかっただろ？」

ようするに、一言で言うならば「心配」なだけ。

感情の分かりにくいシオンの内面を正確に理解して、ユーリは拗ねるように唇を尖らせる。

自分から突き放したくせに、結局はこうして苛立ちを募らせている。

だったらなぜあんな真似をしたんだと、ユーリこそ問い詰めたい方の立場だ。

「……始めから関わらなければ済んだことだ」

問題はそこではないのだと。なぜ自分たちが動く必要があるのだと、一貫して始めから変わらない意見を貫くシオンに、ユーリは明るく笑い飛ばしてみせる。

「それはアリアには無理だろ」

オレだって無理だし。とあっけらかんと口にするユーリに、シオンの肩が大きく落ちる。

「……お前たちは本当に……」

どうしてそうなんだ。という問いかけは平行線を辿るだけ。

自分の手に負い切れないものを背負おうとする人間ほど迷惑なことはない。

たとえそんなことを言われたとしても、ユーリは苦笑いを返すことしかできない。

「オレは、自分にとって大切なもの以外、どうなろうと構わない」

「お前はそーゆーヤツだよな」

わかってる。と、シオンの発した、他人を見捨てるともとれる冷たい台詞に、ユーリは別段気分を害することなくあっさり笑ってみせる。

「お前たちは、なぜそこまで赤の他人に対して一生懸命になれるんだ」

「……それはなかなか難しい問題だな」

向けられる視線に本気でうーん、と眉を寄せて考え込み、ユーリは難しい顔をする。

シオンの考え方の方が、よほどシンプルでわかりやすい。

「勝手に身体が動いちゃうんだから仕方ない」

苦しむ人全てを救いたいだなんて、さすがにそこまでは偽善だろうとユーリも思う。

ただ、目に見える範囲内で。手の届く人だけでも助けたいと思ってしまうのはなぜなのだろう。

「でも、本当はお前だってわかってるだろ?」

苦笑いを浮かべつつ、瞳の色だけは真剣にユーリは言う。

「なんでかはよくわからないけど、アリアのアレは最善なんだ。ただ、そこに、自分の安全だけを置いてきぼりにしてる」

今までのアリアの行動を振り返ってみればわかる。

もし、アリアがすぐに行動せずに、いたずらに時間ばかりが過ぎていたら。

きっと、助けられない人がたくさんいた。

自分がアリアの立場でも同じことをしていると思えば、ユーリがアリアにかけられる制止の言葉はない。

ただ、「女の子なんだから」と、それくらいのことだろうか。

「面白いよな。他人なんてどうでもいいと思ってるお前が選んだ人間が、誰よりも他人を見捨てられないいんだから」

うまくできてる。とからかうように笑うユーリは、その中になぜか自分が含まれていることも自覚している。

だからユーリは、一見冷たそうに見える目の前の親友が好きなのだ。

それは結果的に、どう足掻こうがシオン自身もまた他人を見捨てられないということになるのだから。

「オレの身体は一つしかないんだ」

面倒なのが二人に増えたらたまったものではないと肩を落とすシオンへ、ユーリは不貞腐れたように口を尖らせる。

「別にオレは守ってもらわなくていいし」

「単純な魔法能力で言えば、お前はアイツに遥か劣っているだろう」

それなのになにを言っていると呆れた様子で息をつき、シオンは目の前のユーリへ複雑な感情を垣間見せる。

「本当に、お前には毒気を抜かれる……」

なぜか、ユーリには逆らえる気がしないと、シオンは諦めたように肩を落とす。

さらには、それがまた嫌だと感じないことが不快だと告げ、シオンは大きな溜め息を吐き出していた。

恋の矢の行方

あれから数日。学校には行っているものの、シオンとは顔を合わせることのない日々が続いていた。

気まずい思いが消えずに、どうしても隣の教室を避けてしまう。

あれほど通いつめていたというのに、ユーリともまだ話せていない。

一度ユーリがアリアの教室に顔を覗かせてお互い手を振り合うようなことはあったが、さすがのユーリも一人でアリアに会いに来る勇気はないらしくそのままだ。

けれど。

(どうしよう……)

挙動不審に辺りを見回した場所は、先日も訪れたウェントゥス家の客間の一つ。

シオンから話があると手紙が送られてきたのは昨日のことで、正式に呼ばれてしまえば断れない。

重い足取りをなんとか運んで、アリアは膝の上へ大きな溜め息を吐き出した。

先日この部屋でシオンを怒らせるきっかけを作ったことを思い出すと、ますます気が重くなってくる。

――ココン……ッ。

その時、扉を叩くノックの音が、いやに響いて聞こえた。

「……はい」

ビクリと肩を震わせながら、アリアは小さく返事をする。

けれど、開かれた扉から顔を覗かせたのは。

「久しぶりだね」

「……ラルフ様……？」

立ち上がり、アリアは現れた人物へ、きょとん、とした表情《かお》を向ける。

シオンよりも五つ年上、今年で二十歳になるはずの、シオンの実兄。兄弟とはいえあまり似ていないが、シオンとはまた別の美形で、黒に近い藍色の髪をした、年上の魅力溢れる落ち着いた青年だ。

「シオンは……」

アリアがここを訪れた時から、すでにシオンは留守にしていた。

つまりは、前の予定が長引いているなどでわざわざ知らせに来てくれたのだろうかと、アリアは不安げに瞳を瞬かせる。

「アイツはしばらく戻らない」

「え？」

やはり、なにかあったのだろうか。

けれど、アリアのそんな疑問は、すぐにラルフの言葉に打ち消されることになる。

「シオンの名前を使って君を呼び出したのは私だからね」

「……え……？」

くすっ、と意味深な微笑みを向けられて、アリアは嫌な予感が胸に過《よ》ぎっていくのを感じる。

シオンの名前を騙っての呼び出し。それは。

――ゲームの中でも起きた、〝シオンルート〟のイベントの一つだ。

（……でも、あれは、終盤の方のイベントだったはず……）

ユーリの気持ちがシオンへ傾き始めた頃に起きるイベントで、もちろんその相手はユーリに他ならない。

早すぎるタイミングと、相手がユーリではなく自分であるということに、「まさか」と思う気持ちも浮かぶが、胸を騒がせる緊張感は消えそうになかった。

「……私になにか？」

「君に大切な話があってね」

少しずつ間を詰められ、椅子から立ち上がっていたアリアは後ずさる。だが、テーブルの端まで逃げかけた時、回り込んだラルフに行く手を阻まれ、自然とアリアはラルフの両手に囲まれるような形になる。

「あんな冷たいヤツじゃなくて、私に乗り換えないかい？」

「え……？」

息がかかるほど近くから顔を覗き込まれ、ラルフの口元が意味深な笑みを刻んだ。

「元々、父にとってはどちらでも良かったんだよ。君をウェントゥス家に迎え入れられるなら、相手は私だろうがアイツだろうが」

ただ、シオンとアリアが同じ年だったことと、ちょうどその頃、是非ラルフを婚約者に、とカミアの実家から打診があったためにそうなっただけだとラルフは言う。

カミアの実家もウェントゥス家の事業拡大にちょうどいい家柄だったため、ウェントゥス公爵もすんなりその話に乗ったらしい。

「私は、君が欲しいんだよ」

公共事業の拡大に、家庭用常備薬。今までなかった新しい食文化を生み出し、その功績は表向き全てウェントゥス家のものになっている。

さらには、二十日病騒動の中でのアリアの働きに加え、巧妙に隠されてはいるものの、最近あった事件の解決にアリアやシオンが一役買っているとの情報もラルフの耳に届いているという。

「知っているかい？　一部じゃ君を次期皇太子妃に、なんて声もあるくらいだ」

「……え……」

くすりと皮肉気に笑うラルフに、アリアの目は大きく見開いた。

一般市民は知らないが、上位貴族の間でアリアの功績を知らない者はいない。

双方の公爵家に遠慮して公に口にする者はいないが、上に立つべき「王妃」としての「器」を考えた時、アリアが適任ではないかという声が出ているというのだから驚きだ。

すでに婚約者が決まっているとはいえ、王家から正式に望まれれば断ることは難しい。ただ、唯一の救いがあるとすれば、次期皇太子をこの時点で決めることが難しいということだろうか。

だから、その前に。

「私のものにならないか?」

そのまま後ろのテーブルの上へ押し倒され、足が不安定に床から浮いた。

「大切にすると誓おう」

アリアの長い金色の髪を一房取り、その言葉通り、ラルフはアリアへ誓うように手に取った髪に口付けを落としてくる。

その姿はあまりにも様になっていて、うっかりそのまま見つめてしまう。

こんな時でさえ、ついついゲームのプレイヤーとしての第三者視点になってしまうアリアは、危機感があまりない。

ふいに視界が暗くなり、そのまま額へ唇を落とされてから、アリアはやっと我に返る。

「ラルフ様……っ!」

離してくださいっ。と近すぎる広い胸を押し返すと、意外にも逞《たくま》しい服の下の感触が伝わった。

「人払いは済んでいる」

だから誰も助けに来ないと示唆して、ラルフはアリアの細い手首を頭上で一纏めに拘束すると、至極真面目な声色でアリアの耳元へ囁いてくる。

「このまま既成事実を作らせてもらうよ？」

「……え……」

それは、一体、どういう意味か。

あまりの驚きの展開に一瞬思考を奪われて、けれどすぐにその意味を理解したアリアは、心の中で絶叫する。

（えぇぇ――⁉　こんなところで⁉）

ゲーム内で、それこそユーリが一線を越える一歩手前までの危機に襲われた時も、それはラルフの自室かなにかのベッドの上だったように思う。

硬質なテーブルの上に押し倒されて……、なんて、これがゲームのプレイヤーとしてのイベントであれば、完全に腐女子萌えをしていたに違いない。

『恨むならアイツを恨むんだな』

テーブルの上へ押し倒したユーリへ、ラルフの冷たい視線が落ちる。

『……な、にを……』

『私から全てを奪おうというんだ。これくらいの意趣返しは許されてしかるべきだろう？』

『な……っ？』

胸元へ伸びたラルフの手に、ユーリの目が驚愕で大きく見開いた。

すでにこの時点で何度か魔族の脅威に晒されていたユーリは、男の身でありながらそういうことがありえてしまうという現実をしっかりと思い知らされていた。

『やめ……っ』

『アイツがなぜ君などに執着するのかわからないが……』

容易に外されていく胸元のボタンに懸命に抵抗しようと暴れるが、上手い具合に押さえつけられていて、ほとんど身動きすることが許されない。

『身体に聞いてみれば少しはわかるか？』

そういう趣味はないんだが。と、実弟の意外な性癖を皮肉りながら、ラルフの手は下へ下へ降りていく。

『や、め……っ！』

ユーリの、男にしては高いボーイソプラノが悲鳴にも似た制止の声を上げかけて――……。

（……じゃなくて！）

気づけば第三者になって妄想を繰り広げかけていた自分を叱咤《しった》して、アリアはどうこの場を切り抜けようかと画策する。

その間にも、顎へ伸びたラルフの指先がアリアの顔を上向かせ、首が口付けの角度に傾いた。

「……ゃ……っ」

掠れた拒否の言葉と共に思い切り顔を背けることくらいが、今のアリアの精一杯の抵抗だ。

だが、アリアのその反応になにを思ったのか、ラルフは愉しげに口元を緩ませる。

「……アイツとしたことはないのか？」

低く、耳元でからかうように囁かれ、アリアは一瞬にして顔に熱が昇ったのを自覚する。

「アイツも案外、甲斐性なしだな」

くすっ、と笑みを漏らすラルフは、一体なにを考えているのだろう。

「なんの手垢もついていないというのなら、男としては嬉しいが」

意味深に囁きながら耳たぶを甘噛みされ、そのまま首筋へ下りていこうとする唇に、アリアはなんとか手の拘束を緩めようと抵抗する。だが、男女の力の差を前にして、それは全く敵わない。

「やめてください……っ」

もう片方の手が腰辺りを意味深に撫でてきて、ゾクリという悪寒が背筋を凍らせる。

「やめ……っ」

アイツとしたことは？　というラルフのからかいの言葉が突然アリアの頭の中へ下りてきて、なにを考えるでもなく咄嗟にアリアは口走る。

「カミアさまっ、は……っ！」

カミアはラルフの婚約者だ。

先程のラルフの言葉をそのまま鵜呑《うの》みにするならば、二人はすでに深い仲だということなのだろうか。だとすると、婚約者以外の女性に手を出すというのはどうなのか。

年上の、素直になれない綺麗な女性の可愛らしい姿を思い出し、アリアはぐっと拳を握った。

「……アイツは私を嫌っているからな」

完全に家同士の政略結婚で、そこにはなんの心もないと言いながら肩口へ移った唇に、アリアはきつく目を閉じる。

「アイツも、シオンだろうが私だろうが構わないだろう」

淡々と口にされているはずのそれが、なぜかアリアの耳には自嘲に聞こえてしまうのは気のせいだろうか。

「それは違いますっ！」

声を張り上げて断言したアリアの否定に、ラルフの動きが一瞬止まった。

「カミア様はラルフ様のことが大好きなんです……！」

だから、悲しませないであげてくださいっ。と必死に懇願するアリアの訴えは、カミアの気持ちの代弁だ。

「なにを……」

「恥ずかしくて素直になれないだけで、カミア様は貴方のことが好きなんです！」

人の恋路に他人が口出すことは余計なお世話で、勝手に誰かの恋心を露見させるなどするべきではないのかもしれない。けれどこの際そんな問題は些細なことで、気にしてなどいられない。

「思い当たる節とか、ないんですか？」

「……まさか」

両手を拘束されたままじっとラルフの顔を見上げれば、思いの外アリアの言葉に衝撃を受けたらしく、ラルフの動きは考え込むかのように止まった。

味方であるはずの婚約者でさえ、自分のことを疎遠にしたがっているのかと勘違いしているとしたならば、自分は世界に一人だけなのだと、狭い思考に囚われてしまっても仕方のないことかもしれない。

「……まさか、あのカミアが……？」

とうとう完全にアリアから手を離し、思い悩むように一人呟きを落とすラルフは、記憶のどこかに心当たりがないこともなかったらしい様子を見せる。

それにアリアは思わずくすっ、と笑みを溢し、コロコロと楽しげな表情で口を開く。

「ラルフ様はシオンと違って人の感情の機微に敏そうなのに、そういうところは兄弟なんですね」

一見ラルフは、人の心の機微を読み取って他人と交渉するようなことが得意に見える。

だが、乙女の複雑な恋心に関してはその限りではないと思えば、ついつい兄弟揃って鈍いのだなと可笑しくなってしまう。

嫌っているはずの弟と同じだと笑われ、なんとも嫌そうな表情を露わにするラルフに、余計に笑みを誘われてしまう。

「……ラルフ様は、そんなに当主になりたいんですか？」

元はといえば、兄弟仲の悪さはそこに起因する。

ウェントゥス家の次期当主となること。

シオンは、それほど拘りはないのではないかとアリアは思う。父親を見返してやりたい、程度の反抗心はあったとしても、ユーリのために簡単にその未来を捨てられるくらいには。

そういえば、ラルフに手篭《てご》めにされかけるこのイベントで、ユーリはラルフに反論することで却って逆効果になっていたことを思い出す。ラルフを逆上させてしまい、そのまま……。

（まぁ、あれはあれで男の子としてすごくユーリらしくて良かったと思うけど）

シオンはすごいヤツだ。とか、よくは覚えていないけれど、シオンに気持ちが傾き始めていたユーリから発せられた擁護の言葉だった気がする。

けれど、アリアは。

「私、ラルフ様は、影の実力者みたいなポジションが、似合うしカッコいいと思うんですけど」

あくまで個人的な趣味嗜好に過ぎないが、創作物に登場する影の実力者的な脇役は、いつだって読者をときめかせる魅力を持っているように見える。人気投票などがあった際には、主人公を抜くことも珍しくはないだろう。

「確かにシオンは天才かもしれないですけど」

公爵家当主としてシオンが相応しいかどうかはわからないが、ラルフには影の当主的ポジションがものすごく〝萌え〟るとアリアは思ってしまう。

「あの天才を完璧に支える兄はもっとすごい、って言われる方がよほど難しくて素敵だと思うんですけど」

恐らくシオンは、繊細なかけひきなどは苦手だろう。

一方ラルフは、人の感情や思惑の機微を巧《うま》く掌で転がすことが得意なタイプに見える。まさに

〝企業〟の発展において暗躍する頭脳派タイプだ。

シオンも〝天才〟と言われるくらいには頭が回るが、そんなふうに二人で互いの得意分野を担《にな》って一つの大きな〝家〟を発展へと導いていくのは素敵なことだと思う。

それに。

（この二人、並んで立ったらすごくいいんだけど……！）

タイプの違う美形兄弟が並び立ったらどれほど目の保養になるだろう。

世の女性陣が次から次へと卒倒してしまうのではないかと思えて、腐女子のアリアが色めき立つ。


『この交渉の成功はあの御仁の機嫌取りにかかってる』

『わかっている』

真剣な顔つきをしたラルフとシオンが、潜めた声で言葉を交わす。

『できる限りの情報は集めた』

交渉を優位に進めるために集めた情報は全てシオンにも共有したとラルフは不敵に笑う。

『いくぞ』

『……あぁ』

並び立ち、二人は自信に満ちた表情で頷き合って――……。

（きゃ～！　いいわ、いいわ……！）

そんなふうに、できれば兄弟仲睦まじく、妖しい内緒話でもしていただきたい。

「……君は、おかしなヤツだな」

完全に警戒心を失くしているアリアにくすりと可笑しそうな笑みを漏らし、ラルフはアリアの耳元辺りの髪を掬う。

「本気で、欲しくなった」

その瞳は、真剣にアリアを射貫いてくる。

「え……」

そこでハッと現実へ引き戻されたアリアの顔に影が射し、その唇がアリアのソレに重なりかけた時。

――バン……ッ!

と勢いよく扉が開かれる音がして、ラルフの意識がそちらに向いた。

「……なにをしている」

急いで来たのか、珍しく息を切らした様子で、相手を射殺さんばかりの視線がラルフへ向けられる。

「早かったな」

わざと長引く用事のある時を見計らったのにと苦笑しながら、ラルフはゆったりと身を起こす。

「シオン」

兄の呼びかけにぴくりとこめかみを反応させ、シオンはつかつかとテーブルまで歩み寄ると、ぐいっ、とアリアをラルフの元から引き離す。

「なにをしていると聞いている」

実の兄に向けるとは思えない冷たい空気を身に纏い、アリアを庇うように背に隠しながらシオンは低い声で問いかける。

「たいしたことはしていないよ」

ふぅ、と小さく息を吐き、ラルフは肩を竦めて首を振る。

「話をしていただけだ」

ねぇ、アリア？　と妙に親しげに同意を求められ、アリアはきょとんとした顔でシオンとラルフの顔を見る。

「……話……」

話をしていたといえば、有意義な話ができたような気がしなくもない。

特にラルフの婚約者であるカミアの話は、ラルフの意外な一面も垣間見え、少し楽しかったような気さえする。

そしてアリアには、そんなに酷いことをされたような自覚がない。

「……ノックしないの？」

案外礼儀は重んじているらしいシオンが突然部屋に入ってきたことを思い出し、アリアはコトリと首を傾げてみせる。

そうすれば、こんなところを見られずに話は穏便に終わったかもしれない。

「……お前はこの状況でそれを気にするのか」

シオンがこの部屋へ押し入った時、アリアはテーブルの上に押し倒された状態で、ラルフに唇を奪われる寸前だった。

けれど、なにかされそうになったという危機感をすでにどこかへ置いてきたアリアは、子供のような瞳でシオンを見上げる。

「……なにがおかしい」

ふいに、くつくつという喉を震わせる笑いがラルフから聞こえ、シオンはぴくりと眉を反応させると冷たい声色をラルフに向ける。

「いや、お前も大変だなと思ってな」

お前が溺愛するのもわかる。と可笑しそうに笑うラルフは、存外に晴れやかな顔つきをしていた。

強制的に床に下ろされ、アリアは強い力で部屋の外まで引っ張り出されていく。

「アリア」

部屋を出る直前。

「ソイツに愛想が尽きたらいつでも来なさい」

歓迎するよ？　と楽しそうに笑ったラルフがひらひらと手を振ってよこしたのが目に入る。

「カミア様を悲しませたらダメですよっ？」

その言葉に、ラルフがまた大きく目を見開くことになるのだが、すでに廊下まで出てしまったアリアには、そんなラルフの姿を見ることはできなかった。

「シ、シオン……ッ？」

どこに向かっているのか、強い力で引きずられるようにシオンの後に続きながら、アリアはシオンの背中へ声をかける。

シオンに会うのは、実に例の事件以来になる。

任せて。と笑ったユーリの言葉を信じていないわけではないけれど、なんだかこの状況はアリアにはとても不利のような気がしてならない。

無言の背中が、それだけで負の感情を滲み出していることを伝えてきて、アリアは口の中が急速に乾いていくのを感じた。

「あの……、どこに……っ」

「オレの部屋だ」

バタンッ、と乱暴に開け放たれた扉の向こう。バーカウンターのような小さなキッチンが備え付けられた細い通路の奥に、壁一面本の詰まった書棚が広がっていた。

まるで書斎を思わせる重厚な机と、形だけ備えられた応接セット。

ゲームの中では見たことがあるような気もするが、実際にアリアが自分の目で見るのはこれが初めてだ。

まるで、最上級の〝スイートルーム〟をそのまま自室にしたような室内。続きの間には、もちろん大きなベッドの置かれた寝室があって、そこへ足を踏み入れた途端、普段から知るシオンの香りが色濃くアリアの胸を満たした。

とすんっ、とベッドの上へ投げ出され、その勢いでさらに強くなった匂いに、全身がシオンに包まれる錯覚に落とされる。

普段、確かにシオンがここで生活しているのだということを、強く実感させられる。

「……アイツと、なにをしていた」

先程のラルフと同じように両手首をそれぞれ耳の横辺りで縫い止められ、アリアは乾いた口を開く。

「……は、話を……」

「こんな体勢で？」

あくまで婚約は偽装のはずなのに、まるで浮気現場へ踏み込まれたような感覚に陥って、アリアは真っ直ぐ見下ろしてくるシオンに返す言葉が見つからない。

「アイツになにをされた」

「な、なにも……」

やましいことはなにもされていないはずだ。

「どこに触られた？」

けれど、耳元を擽るように問い詰めてくる低い声に思わず肩が震え、その強い声色に逆らえる気がしない。

「……ちょっと、髪を触られたくらいで……」

シオンがそこまで気にすることではないと言いたかったが、直後、他の男の痕跡を消すかのようにベッドの上へ流れたアリアの髪へ口付けを落としていくシオンに、カァァ……！　と顔に熱が籠る。

「他には?」

「他に、って……」

「アリア」

柔らかな髪を啄《ついば》むように動きながら有無を言わさない声色で名を呼ばれ、その強制力を前に成す術が見つからない。

「ひ、額、とか……っ」

「それから?」

アリアの言葉のままに唇が額へ落とされて、アリアはぎゅっと目を閉じる。

(なんの罰ゲーム……っ!)

あまりの羞恥に肩が震え、これはなんの嫌がらせかとさえ思ってしまう。

「耳元、とか…っ?」

そんなの、しっかり覚えていない。

けれどシオンはその記憶と感覚を上書きするかのように、耳の後ろ辺りをちゅ……っ、と跡をつけるかのように吸ってくる。

それは、触れられた場所《ところ》を全て、上塗りするかのように。

そして、偶然を装うように脇腹を撫で上げられて、びくりと身体が震えた。

「あ……っ」

アリアの口から、思わず噛み殺せない甘い声が漏れた。

その瞬間、シオンが醸し出す空気が変化した気がするのは気のせいか。

「アリア……」

シオンの手がアリアの頬へ伸ばされて、端整な顔が目の前まで迫ってくる。

「シオン……ッ！」

なにをしようとしているのか気づいたアリアは、ハッと我に返ると慌ててシオンの肩を押し返す。

これ以上はマズい気がする。

先日の二の舞になりかねない。

と、その時。

遠いどこかからバタバタと忙しなく走ってくる音が耳に届き、ドアが無造作に開かれると、

「シオン……ッ！　お前、さっさと行く……」

なよ!?　と続けられるはずだっただろう叫びは、目の前の光景を瞳に映して見事に口の中へと留まっていた。

「なん……っ」

大きく見開いた丸い瞳。赤い口もまたぽかんと開き、アリアとシオンの二人を凝視する。

「……ユーリ……」

なぜ、こんなところにさも当然のようにユーリが現れるのだろう。

けれど、そんな疑問は真っ赤になって肩を震わせ始めたユーリを前に、とても投げられるものではない。

「……お前……っ、なにして……っ？」

ユーリの前に広がるのは、ベッドへ押し倒されたアリアの姿。

もちろん、アリアの華奢な身体に手をかけているのは、ユーリが〝親友〟認定している人物だ。

「ノックくらいしろ」

（それ、さっきの私のセリフ……！）

呆れたように口にしながら身を起こすシオンのセリフに、アリアはなんともこの場に似合わないツッコミを胸に抱く。

「オレとアリアは婚約者同士だ。なにもおかしいことはないだろう」

淡々とそう事実を口にするシオンの正論に、それはそうかもしれないけれどと、ユーリがぐっと言葉を呑み込む気配がして、けれど不安定に揺らめくアリアの瞳と目が合うと、ユーリは拳を強く握り締める。

「……アリアもお前とそうなることを望んでるっていうなら、オレはなにも見なかったことにしてこのまま帰る」

真っ直ぐシオンの顔を見つめたユーリが怯むような気配はない。

「だけど、少しでも迷いがあるっていうなら」

強い瞳と強い声。

「女の子には紳士的に！　がオレのモットーだ！」

どうだ⁉　と睨まれ、シオンは大きく息をつく。

それからしばしの沈黙が下り、次にシオンが顔を上げた時には、意味深な笑みを口元に刻んでいた。

「……羨ましいのか？」

交ざるか？　と、明らかに純真なユーリをからかう目的で口にされたそのセリフに、シオンの意図通り、朱色の引き始めていたユーリの顔がゆでダコのように再熱する。

「……おま……っ、バカ……ッ……!?」

なぜかシオンはユーリに近づき、気づけば壁際まで追い詰められたユーリがいた。

「すでに何度も夜を共にした仲だろう？」

「シオン……ッ!!」

耳元でからかうように囁くシオンに、誤解を招く言い方すンなっ！　と真っ赤になって反論するユーリへ、アリアもまた顔を赤く染めて驚きに目を見張る。

（えぇぇぇ!?　どういうこと!?　どういうこと!?）

アリアが気づいていなかっただけで、すでに二人は恋仲に進展していたとでもいうのだろうか。

目の前で繰り広げられている光景に、思わず心の中で歓喜の悲鳴を上げながら、あまりにもお似合いの二人の姿に、気を引き締めなければ口元が緩んでしまう。

アリアの瞳の中には、真っ赤になったユーリを壁際へ追い詰めるシオンの姿がしっかりと映り込んでいる。

待ち望んだ展開に、口元を隠しながら目だけはしっかりと二人の様子を観察する。

「アリアッ！　違う！　違うから!!」

なにやら〝親友〟認定したシオンの家へユーリは入り浸っているらしい。寮ではなくシオンの家へ〝帰る〟ことも多いらしく、〝お泊まり〟した回数もかなりらしい。

（いつの間に……！）

誤解だからと慌てて首を振るユーリの否定に、別段誤解でなくてもいいのにと本気で悔しくなる。

そしてそんなふうに真っ赤になって慌てるユーリに、少しは溜飲が下がったらしいシオンは、無表情の中に僅かながらも満足気な色を浮かべていた。

（これって、同棲⁉　押し掛け女房⁉）

押し掛けられて迷惑だ。と肩を落とすシオンを見て、この現実世界ではどちらかというとユーリの方がシオンへ懐いているのだろうかと思う。

シオンがユーリを嫌うはずはないから、これはアリアにとっては嬉しい展開だ。

しかし。

「……お前はなにを言ってる」

（……え。声に出てた？）

呆れたように眉を顰められ、アリアはきょとんと首を傾げてシオンを見遣る。

ついつい狂喜乱舞しすぎてアリアの秘密の〝萌え〟が外へ出てしまっていたのだろうか。

「またなにかおかしなことを考えているだろう……」

不審気にアリアを見下ろすシオンは、完全に呆れている様子だが、元々種を蒔《ま》いたのはそちらの方だと主張したい。

そうして気づけば室内は明るい空気に満たされていて、ユーリの存在感の大きさを改めて実感させられる。

「ユーリは本当にすごいわね」

カッコよくて、可愛くて。

いつの間にやらシオンの元から逃げ出していたユーリへ、思わず抱きついてしまう。

「アッ、アリア……！」

「なぁに？」

顔を真っ赤にするユーリが本当に可愛くて、アリアは姉のような気分で首を傾ける。

「オレ、前々から一つ気になってたことがあるんだけどっ」

「？」

アリアをぐい、と引き離し、懸命になにかを訴えようとするユーリへ、アリアはまじまじとした目を向ける。

「アリア、オレが男だってこと忘れてるだろ……っ！」

「……え……？」

言われた言葉は予想外で、アリアはきょとん、と目を丸くすると自分の中における正確なユーリ像を並べ立てる。

「ユーリは優しくてカッコよくて男前の、最高に素敵な男の子よ？」

さらり、と。なんの恥ずかしげもなく口にされた褒め言葉に、赤い顔をさらに赤く染めながら、けれどなぜか納得はいかない様子でユーリは絶句した。

その顔は、最上級に誉められているはずなのになにかが違う、というような困惑が浮かんでいて。

「人畜無が……」

「お前もだ！　シオン！」

同じことを思っているのか、わざわざ簡単な言葉で言い直そうとするシオンへ、ユーリが涙さえ浮かびそうな瞳で訴える。

「……このっ、馬鹿っプル……っ！」

その言葉は、人目を憚らずイチャイチャするような恋人同士を示すのではなく、まさに言葉通り二人とも「馬鹿」だと言いたいのだろう。

「本当よ？」

なぜか微妙に落ち込むユーリに、アリアが更なる追い討ちをかけていく。

「うっかり好きになっちゃいそうだもの」

「〝うっかり〟ってなんだよっ」

「だ、そうだ」

「オレはお前のそーゆー余裕綽々《しゃくしゃく》な態度が気に入らないんだよっ！」

今にも泣き出さんばかりのユーリの必死の声が、明るくなった室内へ響いていく。

「言っとくけど、オレは気づいてるからな⁉」

涙目になったユーリは、びしっ！　とシオンを指し示す。

ユーリが好きになったアリアとシオンは、確かに自分のことをとても好いてくれているけれど、二人ともユーリのことをなにか違う目で見ている気がする。

異性だとか友人だとか、そういった〝人間〟ですらなく、なにか愛でたい愛玩小動物のような。

そしてその感覚は恐らく間違っていないと思えば悔しさで泣きたくなってくる。

だから。

「気づいてるけど、絶対に教えてやらないからな⁉」

これくらいの意地悪、絶対に許される。

そもそもこれは、他人が口出すことではないのだから。

「お前、その無自覚どうにかしろっ‼」

訝しげに眉を顰めたシオンと、きょとん、と無防備に小首を傾げたアリアの二人に、ユーリは今度こそ本気で泣きたくなった。

＊＊＊＊

ウェントゥス家からの帰り際。

「アリア」

後方からかけられた、声だけ聞けばシオンとよく似た低い声に、アリアは振り返っていた。

「ラルフ様？」

アリアの帰宅を察してわざわざ出てきたのだろうか。

さりげない仕草でアリアを背中へ庇いながら牽制の目を向けてくる弟へ、ラルフはくすりという自嘲気味の笑みを漏らす。

「少し、時間をもらえないか？」

話がしたい。と、至極真面目に伺いを立ててくるラルフに、シオンの眉がぴくりと動く。

「なにもしない。信じてくれ」

それはアリアに向けて、というよりも、どちらかと言えばシオンに向けての言葉なのかもしれない。

「……えっと……、シオン？」

そんなに遅い時間でもなく、アリア個人は構わないと思うけれど、やはりここはシオンの許しがなければ頷いてはいけない気がして、アリアは頭一つ分以上高いシオンの顔を見上げる。

「本当に、少しだけで構わないんだ」

今までの関係を鑑みればシオンのこの反応は当然のことで、ラルフは困ったように苦笑する。

「お前の婚約者を少しだけ貸してくれ」

そう乞うラルフの瞳は思いの外真剣だ。

「……シオン……」

どうしたものかと、アリアもまた困ったように眉の端を引き下げる。

「…………」

シオンは無言で小さな溜め息を落とし、それは了承の意だろうと理解する。

「ありがとう」

昨日までであればあり得なかったであろう、低く響いたラルフのその言葉に、アリアはなんとなくくすぐったい気持ちを覚えていた。


あくまでも、シオンの目の届く範囲内で。

けれど風魔法でも使わない限り声は聞こえないであろう距離感で、ラルフは目の前のアリアへ向き直る。

「もし、始めから君のような人が傍にいたなら、きっと違ったんだろうな」

手入れの行き届いた、玄関にほど近い庭園の一角で、ラルフは眩し気な顔をする。

「……アイツだって……。全て君のおかげなんだろう」

いつからだろうか。

他人のことになど興味がなく、ただただ硬質だった弟が、少しずつ変わっていっているような気がしたのは。

「私は……、ただ、羨ましかっただけなのかもしれない」

〝天才〟と謳われるようになった弟が憎かった。それでも平常心を装うことができていたのは、弟には絶対的に欠落している部分があったからだ。だからこそ、父親もシオンのことは認めつつも、その仲は冷めたものだった。

それが、いつの頃からか。

「君を手に入れられれば、全て変わる気がした」

シオンを変え、あの厳しい父親に認めさせる原因を作った少女。

その原石を手にすることができたなら、自分も全て手に入れることができるのではないかと思った。

「……私は……、そんな大それた人間なんかじゃないです」

困ったように微笑するアリアへ、ラルフはそっと手を伸ばす。

「……そうだな。君がそんなだから私も、アイツも……」

「……ラルフ、様……？」

耳元へ伸びた指先がアリアの髪を梳《す》き、どこか遠くを見つめる瞳がアリアの姿を映し込む。

「……これ以上は、アイツが許しそうにないな」

くすっ、と静かに微笑《わら》ったラルフの視線の先には、睨むような双眸を向けてくるシオンの姿があった。

「時間を取らせて悪かった」

その言葉に背中を押されるようにシオンの元へ戻りながら、アリアは一度振り返る。

「少なくとも私は、ラルフ様は大人の魅力溢れる素敵な男性だと思いますよ？」

それはきっと、紛れもないアリアの本音だろうと思うとなんとも言えない気持ちになる。

ふんわりと微笑《わら》ったアリアに呆気に取られたように目を見開きながら、ラルフもまたおかしそうな笑みを漏らしていた。

＊＊＊＊＊

後日。

「あんなやつには愛想つかして、早く私に乗り換えなさい」

ウェントゥス家でたまたま会ったラルフからからかうように声をかけられ、アリアはすぐに反撃した。

「カミア様と仲睦まじいって聞きましたけど？」

あの一件以来、ラルフとカミアの甘々ぶりは、社交界でも噂になっている。

どうやらカミアのあの性格を正確に理解したらしいラルフは、日々意地っ張りな婚約者を甘く苛めるのが楽しいご様子だった。

今や社交界でもお似合いの二人となっている。

「アイツに知られるのは恐ろしいな」

他の女に軟派な声をかけているなど、カミアが知ったらどうなるだろうと、それすら面白そうにクスリと笑ってみせるラルフからは、すでに年上の余裕が垣間見える。

「でも、君を手に入れたいと思っているのは本当だ」

だから、いつでも大歓迎だとアリアの手の甲へ軽い口付けを落としてくるラルフはとても魅力的で、うっかりツボに入ってしまったアリアが動揺に頬を紅潮させるのと、シオンが兄の手を叩き落とすのはほぼ同時の出来事だった。

mission5 迷宮を攻略せよ！

「お母様……っ」

待ちわびた来客到着の知らせに急いで学校から戻ったアリアは、礼儀作法も二の次に客間へ飛び込んだ。

「アリアちゃん」

おかえりなさい。と優しく微笑《わら》うアリアの母親の腕の中には、懸命にミルクを飲む赤ん坊の姿があった。

それから。

「イーサン。忙しいのにわざわざありがとう」

あの一騒動で今まで全く接触できていなかったイーサンへ、アリアは心からの笑みを向ける。

「元気そうでよかった」

そう笑うイーサンは、あの事件でアリアの身に起こったことをどこまで把握しているのかわからない。けれど、挨拶もできずにそのままになってしまっていたことを、アリアはずっと気にしていた。

だから、イーサンから訪問を伺う手紙をもらった時、一も二もなく承諾の返事をしていたのだ。

「この子が、あの時の……？」

一緒に来たセオドアもあの時のことを気にしていたのだろう。アクア家の馬車に同乗してやってくると、洞窟から救い出した、あのまだ生まれて間もない赤ん坊の顔をしげしげと覗き込む。

アリアの母親は詳しい事情などなにも知らない。そのためいろいろと積もる話はあるものの、今は迂闊な発言はできなかった。

「……可愛い……」

ミルクを飲み終えた赤ん坊を母親から受け取って、アリアはその小さな存在に笑みを溢す。

小さくとも、懸命に生きようとしている輝かしい命。あの時助けられて良かったと心から思う。

「恐らく、捨て子だろうって」

あの時保護された男女の子供は、すぐに二人とも身元が判明した。けれど、この子に関しては名乗り出る者もおらず、恐らく生まれてすぐに捨てられた赤ん坊をあの男が拾ったのだろうと推測された。

「そっか……」

イーサンの説明に複雑そうな表情を浮かばせて、セオドアはその小さな手へ己の指を伸ばす。すると赤ん坊は反射的にその指を掴み、純真無垢な笑みを浮かべる。

「あっ、笑った」

どうやらお腹も一杯になってご機嫌らしい。ただただ純粋な笑顔につられるようにアリアが笑えば、セオドアもまた穏やかな笑顔で赤ん坊の顔を見つめる。

「こうしていると、若夫婦みたいね」

ふふふ、と楽しげに笑って、アリアの母親は赤ん坊をあやすアリアとセオドアの姿にそんな感想を漏らす。

「……え……」

「昔、話していたのよ。お互いの子供たちを結婚させたいわね、って」

アリアとセオドアの両親は昔からの親友同士だ。双方自分達の気持ちを押し付けるタイプではないが、その関係を鑑みれば、そんな話をしていたとしても不思議ではないだろう。

「でも、アリアちゃんにはシオン様がいるし、セオドア様も素敵な方に巡り合ったみたいだし」

セオドアの姉の婚約が決まった時点で、「互いの子供同士を結婚」という希望はセオドアに託された。ちょうどアリアとセオドアは同じ歳だったため、ウェントゥス家からの強い申し出がなければ、互いの両親が望むようにそうなっていたかもしれない。

ちょっと残念だけれど。と少女のように笑うアリアの母親は、それでもそれぞれ二人の婚約には祝福の気持ちを送っていた。

時間軸にすればゲーム開始時の少し前。セオドアは、アリアやリオの従妹に当たる、三歳下の現王女と婚約していた。どうやらあちらの一目惚れだったらしく、まだ小さな王女様から熱烈な愛を送られていたらしいとの噂があった。

「本当、可愛いな」

なにげないアリアの母親の言葉に複雑そうな表情を浮かばせて、セオドアは握られた人差し指を小さく動かした。すると、まだ見えていないはずの瞳がそれを追うような仕草をして、アリアは慈愛に満ちた微笑みをますます深くする。

「我が家で引き取ったりできないかしら？」

この状況でずっとつきっきりで赤子の面倒をみるなど無理な話だが、侍女を増やせばそれも可能かと考えて、アリアは手離しがたい小さな命を前に本気で方法を模索する。

「……その歳で子持ちになる気か？」

「……それはさすがにシオン様にも相談しないと」

と、微妙な面持ちで反対意思を仄めかすセオドアと母親に、アリアはなにか問題でもあるのかと思ってしまう。

「別にシオンは気にしないと思うけど」

なぜそこでシオンの名前が出てくるのか。

婚約はしょせん偽装で、将来的には本当に結婚するわけではない。別段一生独身でも構わないと思っているアリアにとって、養子の一人くらいは許容範囲内だ。

「……いや、さすがのアイツも子持ちは気にするだろ」

元々子供自体嫌いそうなタイプだと、セオドアは乾いた笑みを引き攣らせる。

そういえば、後から引っ張って行くからと、難色を示していたシオンの説得にかかっていたユーリはそろそろ来る頃だろうか。

先日は二人で王宮に行っていたらしい様子も垣間見え、最近シオンとユーリの距離はぐんと縮まっているような気がする。

「その前に引き取り手は決まってるから！」

シオンとユーリの二人へ思いを馳せつつ、本気で赤ん坊の処遇を考え始めたアリアに気づいたイーサンが、慌てた様子でその思考の邪魔をする。

今日は、救い出した赤ん坊のことを気にかけているであろうアリアのために、引き取られる前に一度会わせてやろうと連れてきただけということだった。

「そうなの？」

「いい人そうだった」

穏やかに笑うイーサンに、「だったらいいの」とアリアもまた静かな微笑みを浮かべる。

せっかく救った小さな命。幸せになってもらいたい。

見えなかったゲームの裏側で、恐らくは犠牲となっていた幼い子供たち。

本当に良かったと、心から思える。

「いつかまた、会えるといいわね」

生きてさえいれば、いつかまた。

腕の中でうとうとし始めた赤ん坊に囁いて、アリアは慈愛に満ちた微笑みを浮かべていた。

＊＊＊＊

『今度の週末に、王宮へ集まってほしい』

頼みたいことがあるからと、わざわざ一年の教室までやってきたルイスからリオの伝言を聞いたアリアは、王宮に行くための相談をしようと隣の教室を訪れていた。

（頼みたいこと……）

シオンの家に入り浸っているというユーリは、もしかしたら前日からシオンの家にお泊まりだったりするだろうか。だとしたならば、王宮へはシオンと二人で行くことになるだろうから、それを邪魔することは許されない。

狭い馬車の中で二人が仲良く会話する姿は心から見たいと願うが、これまでの反省から今回ばかりは己の欲望を我慢しなければと思う。

ユーリはどうやって王宮に行くつもりなのか。アリアはただ、それを確認したいだけ。恐らく、シオンを頼るのだろうけど。

だから、一緒に行けないことには涙を呑む。

（シオンは……）

教室を覗き込み、まずはシオンの指定席に顔を向ける。

すると。

（！　ユーリ……！）

シオンの机に軽く腰かけるような格好で笑顔を浮かべているユーリの姿に、アリアは一瞬にして興奮状態に陥った。

（きゃぁぁ～～⁉　なにしてるの⁉　なにしてるの⁉）

それは、二人にとっては本当になにげない日常の一シーンでしかないに違いない。それでも教室内の二人のツーショット風景を見られただけで、アリアは狂喜乱舞してしまう。

（あぁ～～！　もうっ、シオンてばなにしてるのよ……！）

笑顔で声をかけてくるユーリに、片手で本を広げながら相槌を打っているシオンの姿に、アリアは心の中で思わず説教した。

（ちゃんと！　ユーリに全力で向き合って！）

当の本人であるユーリはなにも気にした様子はないが、アリアには文句がいっぱいだ。

人の目がある教室内でいちゃいちゃしてほしいとまでは言わないが――、本音はしてほしいけれど――せめてその本は置いてほしい。

けれど、そう思う一方で、ユーリからはそんなシオンの態度には慣れきっているような様子も感じられ、複雑な思いも湧く。

（お似合い……！）

一応は読書中のはずのシオンを気にすることなく、ユーリは笑顔で話しかけ、シオンは素っ気ない態度ながらも相槌を打って返事をする。よくよく見れば長年を共に過ごしたくらいの慣れきった雰囲気を醸し出す二人の様子に、アリアはこれはこれでありかもしれないと悶絶する。

（至福の時……！）

そうして己の欲望を優先させたアリアは、あっさり用事を後回しにし、予鈴が鳴るまで仲睦まじく顔を寄せ合う二人の姿をこっそりと堪能したのだった。

＊＊＊＊

蒼と白と金色を基調とした、まさに中世フランス王室を思わせる内装。

もちろん訪れるのは初めてのことではないが、相変わらず圧倒される贅の尽くされた来客用の室内は、少しの緊張感をアリアへもたらす。

悠然と座っているシオンとは対照的に、ユーリもまた落ち着かない様子で視線をあちこち彷徨わせていたが、どうやらここへ来ること自体は初めてではないようだった。

「今日はわざわざありがとう」

豪華絢爛な装飾に全く負けることなく――、むしろ完全に馴染むどころかそれすら圧倒しそうなきらびやかな雰囲気を纏わせて、この城の住人であるリオが「ごめんね」と申し訳なさそうに微笑んだ。もちろん、その傍には側近であるルイスの姿もある。

「いえっ、とんでもないです……！」

リオを前に緊張を隠せないルークが、謝罪の言葉を受けてぶんぶんと手を横に振る。

「それで、今日はなにがあったんですか？」

一方、その隣に座ったセオドアは、落ち着いた様子でリオへ問いかける。

この面子をわざわざ王宮まで呼び出してする話など、ただごとではないだろう。それでもこの場の空気が穏やかなのは、目の前で微笑みを浮かべているリオがどこまでも柔らかだからだ。

「先日、シオンとユーリには少し話したと思うけど」

チラリとシオンとユーリへ視線を向けて、リオはそう前置きした。

先日、ラルフが「シオンが簡単には戻ってこない用事」と言っていた二人での外出は、王宮《リオ》からの呼び出しだったのだと、アリアはここで合点がいった。二人を呼び出し、なにを話していたのかは気になるところだが、恐らくはユーリの魔法能力《ちから》についてのことだろうと思われた。

「……例の、魔族のことで」

そして、言葉を選ぶように静かに告げられたリオの声に、その場へぴん、とした緊張の糸が張る。

「直接対峙した君たちならわかると思うけど、その男は確実に高位魔族だ」

リオは、直接バイロンを見てはいない。けれどまだ未熟とはいえ五大公爵家の血を継ぐ人間とルーカスをして取り逃がすなど、ただの上級魔族であるはずがなかった。だからこそ。

「それも、恐らく」

神妙な顔つきになり、リオはゆっくりと口を開く。

「……ルーカスの見立てでは、魔王直属の家臣クラス」

誰かが、ごくりと息を呑んだ音が聞こえた気がした。

「高位魔族は容姿の変化《へんげ》が可能らしいし、王室の歴史書にも名前などの詳細は残されていないから、断定はできないけれど」

沈黙が落ちる。

推測される男の正体を前に誰もが言葉を失い、ただ時間だけが過ぎていく。

けれどそんな中、ユーリだけは、きっと、ずっと聞きたくて聞けずにいたのだろうことを、そっとアリアに問いかけてくる。

「……アリアは……、なにか知ってたりするの？」

この場で聞いていいものかとても悩んだのだろう。揺らめく瞳をおずおずと向けてくるユーリに、アリアはむしろ今までなにも言及されなかったことの方を不思議に思う。

先日のアリアとバイロンの遣り取りを一番近くで聞いていたのはユーリだ。その時アリアは、迂闊にも男の名前すら口にしてしまっている。

「……アリア？」

もしなにか知っているならば教えてほしいという優しい眼差しをリオから受け、アリアは僅かに動揺する。

「……いえ、私は……」

言った方がいいのだろうか。

相手の情報と危険性は、できる限り知っていた方がいい。

それでもゲーム知識をペラペラと口にするわけにもいかず、アリアは差し支えない情報から解答を導く方法を選択する。

「……ただ、あの時の言動から推測できることはあります」

アリアだけが知る、今この世界で起きている脅威を、現実で提示された少ない情報へ線と線で繋いでいく。

「〝主〟の話をしていました。恐らく、その〝主〟の復活のために動いているんだと思います」

さすがに〝主〟が魔王である可能性は低い。となれば、自《おのず》と答えは導き出されてくる。

「……魔王配下四天王の復活……？」

それは歴史書に記された、伝説級クラスの最高位魔族だ。

すぐに答えへ辿り着いたリオの呟きに、アリアは目だけで肯定する。

「……そうか……」

大事《おおごと》になった。とでも言いたげに、リオからは細く深い吐息が落とされた。けれど、恐らくは、すでにこの時点でリオはこの最悪の事態すら想定していたに違いない。

だからこそ。

「そこで、みんなに協力を頼みたくて」

今日、この面子を集めた本題を切り出した。

「古代迷宮の奥に眠っているという宝刀を手に入れたいと思ってる」

（……来たわね。迷宮攻略イベント）

男の正体がなんであれ、最初からリオはこれをアリアたちへ打診するつもりだった。

国の憂いを少しでも軽くするための伝家の宝刀だ。

「お祖父様の許可は取ったし、むしろお祖父様もできることなら手元に置いておきたいと言っている」

ただ、問題は。

「かつてお祖父様も挑戦して、叶わなかったらしい」

「……それは……」

それがどれほど前のことかはわからないが、少なくとも現時点での国内最高位が挑んで手に入れることのできなかったものを、自分たちがなんとかできるものなのかと、セオドアが言葉にならない疑問を漏らす。

世界各地に点在する、古代の遺跡物。それがなんのために作られ、どう使用するのか、現在では言い伝えや伝承程度にしかわかっていない。

遺された古代文字を読める者はもはやいない。

ただ、〝どこかに魔王が封印されている〟という伝説が残っていることからも、古代の遺跡は触れてはならないパンドラの箱だった。

それでも、王家に代々伝わる幾つかの過去の遺産は、かつて偉大な魔道師たちが遺した魔物殲滅のための希望の光だった。

「本当はね、アリア。今回は君に伝えることなく話を進めたかったんだ」

それもあり、アリアに気づかれない形でシオンとユーリを王宮へ呼び出していたのだろう。けれど、なんとなく困った様子でアリアを見つめてくるリオの瞳は優しいもので、アリアはそうはならなかったことを不思議に思う。

今までアリアが起こしてきたあれこれを思えば、リオが内密に話を進めたとしてもなんらおかしなことではない。

「……だけど、まぁ、今回は危険なことはないだろうと判断したことと」

チラリ、と向けられた視線の先にはシオンとユーリの姿がある。

「……二人が、アリアの同行を望んだから、ね……」

仕方なくアリアもここへ呼ぶことにしたと告げるリオは、一体なにを三人で話したというのだろう。

ユーリだけならばまだしも、シオンまでアリアの同行を許可したというのだから驚きだ。

(……まぁ、呼ばれなくても勝手に付いていったと思うけど……)

つまりは、アリアをよく知る二人はそれを懸念したということで、自分達の知らないところでアリアに勝手に動かれるよりは手元に置いておいた方が気が休まるという結論に至っただけなのかもしれないが、アリアにはよくわからない。

(この〝イベント〟、後々のことを考えるとしておきたいことがあるのよね……)

リオの言う通り、今回のこの〝イベント〟には今までのようになんらの危険性も絡んでこない。けれどゲーム内で一度この古代迷宮を攻略しているアリアの知識は、あった方が確実に時間短縮になるだろう。

一人、やるべきことを頭の中で整理していたアリアは、次に発せられたリオの言葉に、思考を停止させられることになる。

「その代わり、条件は呑んでもらうよ?」

その声色は、優しいながら有無を言わせない強さを持っている。

「シオン。今回の任務にあたって、アリアを手の届く範囲内から絶対に出さないように」

「……え……」

(えぇぇぇぇ⁉)

心の中で絶叫し、アリアは呆然とリオの顔を見つめる。

かつての〝記憶〟を使ってこそさくさく迷宮を攻略するために、一番警戒しなければならないのがシオンの洞察力だというのに。

これでは〝答え〟を知るアリアの行動が確実に不審がられてしまう。

けれど。

「わかったね？」

承諾できなければ置いていく。と、いっそ恐いくらいにっこりと微笑まれ、アリアには同意するという選択肢しか残されていなかった。


古代迷宮攻略イベント。

その名の通り、古代に作られたという神聖な迷宮の奥深くに眠る「神剣」を手に入れるイベントだ。

王家に伝わる逸話の一つで、「選ばれし者」のみが手にすることができるとされる伝説の宝刀。

ようするに、アリアの記憶にある「アーサー王伝説」をモチーフにした、高位魔族対抗の武器の一つだ。

実際に、この神剣を手にしたリオは、ゲーム終盤でこれを使ってラスボスと戦うことになる。

そして、この迷宮攻略に関して言えば、特段の危険はない。どちらかといえば頭を使って古代文字という名の暗号を解いて先に進んでいくという、苦手な人はとても苦しむ頭脳戦だった。

アリアの記憶によれば、ロジックゲームや出されたヒントを頼りに駒を動かして扉を開ける、などといった頭を使ったゲーム内容に、少しの時間も惜しかったため、あっさりと〝攻略サイト〟に手を伸ばしていたように思う。

また、特段身の危険はないこのイベントの特徴は、迷宮内を誰と捜索するかを選べることだ。この時点での親密度によって、キスシーンが発生したりしなかったりと、プレイヤーにとっては別の意味でもハラハラドキドキ展開が発生する。

（……無理よね……）

現時点でのユーリと対象者たちの関係を思い起こし、アリアはがっくりと肩を落としてしまう。

今現在、ユーリがもっとも気を許している相手がシオンであることは間違いない。けれど、そこまで親密度が上がっているかと言えば……、答えは「否」だろう。

しかも。

――『今回の任務にあたって、アリアを手の届く範囲内から絶対に出さないように』

（……どうしてこんなことに……）

リオの厳命を思い出し、頭が痛くなってくる。

けれど、落ち込んでいる場合ではない。

ここに来た以上、アリアには今後の展開上、どうしてももう一つしておきたいことがあるのだ。

この〝イベント〟攻略後、実はもう一度ここへ来なければならない事態が発生する。できるならば時間短縮のためにもついでに攻略してしまうことが望ましかった。

＊＊＊＊＊

「……学園の地下にこんなものが……」

一面金色に輝いて見える光景に、ルークが驚きの声を上げる。

アリアたちが通う魔法学校は、王家直属の由緒正しい学園だ。その歴史は古く、学園設立に関しての記録は王家の秘蔵庫にしか残されていないというが、詳細な内部構造が秘匿されている理由はこれだろう。

学校の地下には、古代の巨大遺跡物が眠っていた。

「……すごい……」

金色に光る水が湧き出る泉。触れてもなんの感覚もしないことから、それは幻であることがわかる。まさに光を操る王家そのものを彷彿させる幻影に、ユーリが感嘆の吐息を漏らす。

「まずはここからだな」

ここが地下迷宮の入り口だということはわかっているが、見渡す限りそれらしきものはない。覚悟を滲ませたルイスが万が一もあってはならないという思いからか、リオの半歩前に立って光溢れる泉の水源へ睨むような視線を向けて呟いた。

「結局お祖父様はなにも教えてくれなかったからね」

かつてこの地下迷宮に挑んだ現国王は、道中で引き返すことになったというから、この場のどこかに隠された入り口を見つけることはできたということになる。

けれど、スタート時点から躓くようであればそもそも攻略などできないと、なにも教えてはくれなかったらしい。

黄金の泉は、幻の水源から一定の距離で消えていく。そしてその足元には、今や誰も解読することのできない〝古代文字〟が刻まれていた。それを覗いてみると――。

(……日本語なの⁉)

どうしたら地下への扉が現れるのかとヒントを求めて彷徨う面々の中で、アリアは一人心の中で驚愕する。

(古代文字の設定が安直すぎる……！)

この世界の文字は〝英語〟に近いもの。けれどまさか古代文字が〝日本語〟とは驚きで、アリアはゲームスタッフの裏設定に愕然とする。

ゲームでは、古代文字なので読むことができない、という設定で話が進んでいたが、まさかこんなオチが隠されているとは驚きだ。

――光汲み し者、祈りを捧げよ。

その刻印を見る限り、どちらにしろ王族に近い者しか扉を開けることは叶わないように思われる。祈りに込める光魔法がどれほど必要なのかはわからないが、そもそも迷宮に隠された神剣そのものが「選ばれし者」にしか手にすることができない時点で、それは当然のことなのかもしれなかった。

この地下迷宮の攻略において、〝攻略サイト〟を駆使して謎解きをしてしまったアリアは、ゲーム内でなにをしたのかほとんどといっていいほど記憶がない。けれどそんな霞《かすみ》がかかった記憶でも、ないよりはましだろうと思っていたのだが、まさか〝古代文字を読解できる〟という結果が待っていようとは思っていなかった。

（〝祈りを捧げる〟……）

ふと、思い出す。金色の泉の周りを模索した後に現れた、〝ゲーム〟での選択肢。

『踊るor祈るor唄を歌う』

詳細は覚えていないが、そんな感じの内容だったように思う。

この状況で〝祈る〟という行為を取ることは不自然ではないだろう。

神聖な雰囲気溢れるこの場所は、思わず祈りを捧げてしまいたくなるくらいには清廉だ。

アリアは泉の前で両膝をつき、手を組んで目を閉じる。

「……どうか私たちをお導きください……」

どんな祈りを捧げたらいいのかはわからない。

ただ、アリアが心から願う祈りを。

この迷宮の攻略だけではなく、翳ることのない明るい結末を。

（私の中に流れる、光の血――！）

どうか、と。強く願う。

すると、その直後。

今まで湧き上がり続けていた幻の水流が退いていき、泉が消えたその後には、地下へと続く古代迷宮の扉が現れていた。

その様子を唖然と眺めていた一行は、しばし呆然とその場に立ち尽くす。それから錆《さ》びたブリキのおもちゃのような動きで、ギギギ、とアリアへ顔を向ける。

「……お前、一体なにしたんだ……？」

「なにも……」

ごくりと息を呑むセオドアへ、アリアは「ただ祈っただけ」だと、困ったように偶然を装った説明をする。

「〝祈り〟、か……」

案外それがキーワードかもしれないと、リオは目の前に現れた、大きく重厚な扉を見上げる。

「時間が惜しい。……いいね？」

リオの瞳が、珍しくも強い意思を見せて一同の顔を見回した。

それに静かな頷きを返し、全員、慎重にその扉の奥へ足を踏み入れたのだった。

蒼《あお》い輝きの点《とも》った硬質な階段を降りていくと、そこには三方へと続く道の分岐点があった。

「……さて、どうするか」

全員同じ道を選ぶか、それとも三方に分かれるか。なにが起こるかわからない道の先へ目を凝らし、ルイスが考える仕草をする。

どの道が「神剣」へ続いているのか。

〝攻略サイト〟でさくさくと先へ進めてしまったアリアは、もちろんその答えなど覚えていない。

ただ、最終的に言えることは、この内の二つは、迷った末に〝行き止まり〟となることだった。

けれどアリアは。

（どこかにヒントは……）

なにか隠されていないかと、アリアは四方へ視線を巡らせる。

どの道が正しい道なのか、ゲームでもこの時点ではわからなかった。踏み入れた先で閉じ込められて出口を探すための謎解きをしたり、隠し扉を開けるために試行錯誤したりと、そんな展開が待ち受けていたような気がする。けれど、自力で「神剣」へ辿り着こうとするならば、運良く最初に選んだ道が正しかったか、逆に全部の行く先を確かめてから辿り着くかの、本当に「勘」頼りのミッションだったと記憶する。

だが。

（……なにか刻まれてる……？）

この迷宮を作った誰かが、まるでメモ代わりに刻印したかのような小さな文字を発見し、アリアは静かに目を凝らす。

三方に分かれた壁の足元辺りに、小さな「日本語《古代文字》」が残されている。

（……「剣《つるぎ》」……と……？）

「剣」とは、明らかに「神剣」のことだろう。

そして、なにも刻まれていない中央の道と、

（……「石」……！）

左手の道が続く先のヒントに、アリアはどくんと鼓動が大きく跳ね上がったのを自覚する。

「剣」の道は今回の目的地に違いはないが、アリアは「石」の先にあるものにも用がある。

「三方に分かれて捜索しますか……？」

セオドアが、ルイスへ窺うように顔を向ける。

ゲームでは全員行動を共にしていたが、効率を考えるならば分かれた方が得策だろう。

「そうだな……」

そうして頷いたルイスは、もちろんリオと別行動を取るはずもない。必然的にシオンとアリア、セオドアとルークとユーリの三組となり、おのおのどの道を選ぶかという話になる。

もちろんアリアが進みたいのは、右手の「剣」の道……、ではなく、左の道だ。

（どうしたら……っ！）

どうしたら自然と望む道へ進むことができるだろうか。

なんとしても左の道を選びたくて考えを巡らせるが、もちろん良い言い訳など思い付くはずもない。

けれど、そこでふと目に入ったのは、リオの命に従ってアリアの傍に立つシオンの「利き手」だった。

「……シオンて、左利きよね……？」

ふいにその事実を思い出し、アリアは確認するかのようにシオンの左手へ目を落とす。

アリアの周りでは他にも一番上の兄が左利きで、ルーカスも左だったように思うから、特段珍しいわけでもない。

それでも。

「……あぁ」

それがなんだとでも言いたげに顰められた表情《かお》に、アリアはできる限り自然を装って静かな微笑みと共に提案する。

「そうしたら、験担ぎに左の道を選んでもいいかしら？」

浮かべた笑顔は不自然ではなかっただろうか。

アリアの瞳の中の〝なにか〟を探るかのように見つめてくるシオンの双眸に、アリアは一筋の冷たい汗が背中を流れ落ちていくのを感じていた。


（……さすがシオン……）

思惑通り左の道へ進むことができたアリアは、付かず離れずの距離で半歩前を歩くシオンの端整な横顔を眺めながら、心の中で感嘆の吐息を漏らしていた。

実際に来てみればどこか覚えのある光景などからスムーズに攻略できると思っていたのだが、現実はそれほど甘くはないのだと思い知らされたのは、シオンと二人で左の道を歩き始めてすぐのことだった。

（……さすがにこんな細かいところまで覚えていないもの……！）

一体誰に向かっての言い訳なのか、思わず心の中で叫びながら、なんとなく泣きたくなってくる。

詮索を始めてすぐに現れた、行く手を阻む鋼鉄の扉。どうやら四桁のパスワードが必要らしいが、そんな数字まで覚えているわけがない。せいぜい記憶にあるのは、「そんなこともあったような」くらいのものだ。

近くにある、0から9までの数字が刻印された謎の石が四種類。それを順番に並べることが扉解錠の条件だったが、シオンはあっさりそれを解いて見せた。ゲームではプレイヤーがしなければならない謎解きだが、現実ではなにもアリアが解く必要はない。

いわゆる〝ナンプレ〟的問題だったのだが、謎の数字の羅列を前に〝解き方〟だけ誘導すれば、シオンがその暗号を解くのはものの数分の出来事だった。

その後もそんなことが二度ほどあり、今の状況に至っている。

「……よかったの？」

決して明るいとは言えないものの、辺りを見回しながら歩く分にはなんら差し支えない蒼い光の人工的な迷路の中で、アリアはその背中へ問いかける。

「なにがだ」

「……ユーリ」

チラリと視線を投げただけで、辺りに危険はないか警戒しながら先へ進むシオンへ、アリアは曖昧な笑みを貼り付ける。

アリアを頼むとリオから直々に頼まれれば、仮にも臣下であるシオンに拒否権はない。けれどユーリも一緒にこちらへ加わることは可能だったと言い含めば、シオンは小さく肩を落として嘆息した。

「なにをしでかすかわからないのが二人もいたら身がもたないからな」

完全に嫌味の声色でそう返され、アリアは「う」と息を止める。

〝未来〟の悲劇を回避すべく動いているアリアと違い、ユーリは完全直感型の、即行動派だ。とはいえ、冷静なシオンにしてみればその違いに大差はないのだろうと思えば、ぐうの音も出なくなる。

万一そんな二人が別々の行動に出た時には体一つではとても対応などできない。

自分のせいでシオンとユーリを引き離す事態になってしまったことに、アリアは自分の迂闊さを反省すると共に謝ることしかできなかった。

「……ごめんなさい」

「なにを謝る」

半歩先を行くシオンの反応は淡々としたもので、アリアは唇を噛み締めると先の言葉を言い淀む。

「だって……」

ここで、口にしてしまっていいのだろうか。

けれど、聞いてみたいという欲には逆らえず、アリアは不安定に瞳を揺らめかせながらおずおずと口を開く。

「……ユーリ……、じゃないの……？」

曖昧な尋ね方をすれば、聞かれたくない内容ならばシオンも答えることはないだろう。

けれど、アリア自身どんな答えを望んでいるのかわからないままなされた問いかけに、シオンはぴたりと足を止める。

「……いつから」

気づいていた。と、真っ直ぐ視線を向けられて、明確な質問が返ってきたことに逆に驚かされる。

「いつから、って……」

なんとなく、言ってはならないことを口にしている気がするのはなぜなのだろう。

「……初めて会った時に聞いたじゃない」

妙にうるさい心臓の音に、緊張感から思わず震えそうになりながら、アリアは弱々しい瞳を向ける。

――『もしかして……、貴方には他に想う方がいるのではないかと思って』

「……」

アリアの顔を真っ直ぐ見つめ、そのまま口を閉ざしたシオンの沈黙に、アリアはやはり聞くべきではなかったとひどい後悔に襲われる。

誰かが心に秘めた想いを、他人が勝手に暴いていいはずがない。

幼い頃の二人の思い出は、二人だけの秘密にしておくべきだったのに。

「……なぜ」

アリアの感覚としてはとても長い沈黙が降りた後、どうしてソレに気づいたのかと口にされた問いかけに、とても後ろめたい気持ちになって、アリアはシオンから目を逸らす。

「……なんとなく、なんだけれど……」

知り合いではないのかと、尋ねたことがあった。

あれすら今となっては聞かなければ良かったと思う。

洞察力の優れたシオンには、誤魔化しなど利かないだろう。

なにかを確認するかのように向けられた問いかけも、意味など成さないことはきっとシオン自身もわかっているのではないかと思う。

「……アイツは男だぞ？」

男だとか女だとか、そういったことは関係ない。

「……ユーリはとても魅力的だもの。性別なんて関係なく惹かれるのはわかるわ」

やっぱりシオンはユーリのことが好きで。ユーリは今はまだシオンと同じ想いに至っていないものの、確実に好意を持っていることだけはわかる。

それを思えば手離しで喜んでいいはずなのに、シオンから醸し出されるこの空気はなんだろう。

「……お前こそ……」

そしてシオンが、神妙になった空気の中で重い口を開きかけた時。

カラ……ッ、と石かなにかが転がった音がして、二人はハッと我に返ると音の響いた道の奥へ顔を向ける。

「突き当たり……？」

少しだけ歩を進め、そこで消えた先の道に、シオンが「外れか？」と眉を寄せる。

光苔と、壁一面を覆った長い蔦《つた》。珍しい光景ではないが、アリアはこの奥があることを知っている。

（ここだわ……！）

拳大の石に埋め尽くされ、蔦の這う壁面を見つめてアリアは確信する。

この先にあるものが、この地下迷宮におけるアリアの目的の一つだった。

（どうか手に入れられますように……！）

ゲームでは、この時点でこの場所へ辿り着けたとしても、ただ引き返すだけとなる。そもそも選択肢が出ないのだから、プレイヤーにそれ以外の自由はない。けれど、現実は違う。選択肢以外の行動を取ることが可能なのだから。

祈るような気持ちで、試しに蔦を引いてみる。すると、岩石と共に壁が剥がれ落ちていき、その向こうに空間が存在していることがわかる。

「この向こうになにかあるのか……？」

隙間から僅かな風を感じたシオンが、小さく開いた穴から奥を覗き込む。

そこには、さらに奥へと続く洞窟が。

「少し離れてろ」

そうして言われるままに二、三歩後退すれば、シオンは掌に生み出した風の力で蔦と岩石の壁へ大きな風穴を作り出す。

（なんかちょっとルール違反な気もするけど……！）

完全に力業となった展開に、アリアの記憶の中の流れもこんなふうだっただろうかと焦ってしまう。この迷宮の攻略に至っては、本当に記憶が朧気《おぼろげ》だ。

それでもただ一つ確実なことは、「神剣」を手に入れた後、この洞窟の奥にあるとあるものが必要とされるようになる、ということだけだ。

「気をつけろ」

蒼い光に囲まれていた硬質な迷宮とは雰囲気が打って変わり、完全に光のない岩壁となった洞窟へ足を踏み入れながら、シオンがアリアへ手を差し出してくる。

「大丈夫よ」

なんとなくその手を取ることは躊躇われたが、断る正当な理由も見つからなかったため、仕方なくその過保護を受け入れたアリアはシオンと手を繋ぐ。

互いに空いた手で明かりとなる光源を生み出して、慎重な足取りで奥へ奥へと進んでいく。

なにもない一本道を、どれくらい進んだだろうか。

ふいに曲がった道の奥からキラキラとした輝きが漏れてきて、その光景にさすがのシオンも目を見張る。

「なんだここは……」

壁一面に宝石が埋まっている光景、とでも表現すればいいだろうか。

空間認識そのものが魔力で捻《ねじ》曲げられてでもいるのか、頭上高くからも眩しいほどの光が降り注ぎ、まるで〝シャボン玉〟のような虹色に輝く球体が数え切れないほど浮かんでいる。

赤、青、黄色、緑……、と、キラキラ輝く壁面と、空高くから降り注ぐ眩い光。

ゲームではなく現実となって現れた幻想的なその世界にアリアもまた息を呑み、空に浮かぶ虹色の球体を見上げる。

（私の祈りで届くかしら……？）

手に入れたいのは、〝シャボン玉〟の中から現れる、角度によって色の変わる、虹色に輝く六角形の〝魔石〟。

ゲームではもちろん、ユーリの祈りによって手に入れたものだ。

今のアリアに、あの時のユーリほどの強い祈りがあるかどうかはわからない。

縋るような思いで空を見上げ、アリアは形だけでも指を組み、神に祈るように目を閉じる。

（どうか、この先の未来が、光溢れますように……！）

今のアリアの切なる願い。

ゲーム通りに「神剣」を手に入れた後にここへ来ることも可能だろう。けれど、苦しむ時間は一秒でも少ない方がいい。万が一にも手遅れになどならないように。

それだけを願って、アリアはここへ来ることを決めた。

（届いて――！）

ふわふわと、一つの〝シャボン玉〟が彷徨うように降りてくる。

目の前でふわりと輝いたソレへ掬い留めるように恐る恐る両掌を向ければ、シャラン……ッ、と音にならない音で弾けて、アリアの手の中へとその中身がふんわりと着地した。

（……届、いた……）

手の中で確かに輝く七色の光に、思わず泣き出しそうになる。

〝主人公〟でもない自分《アリア》は、いくら光魔法に長けているといっても、高確率でダメなのではないかと思っていた。そもそも、コレが必要とされる事態に陥ってすらいない。

それでも。

（よかっ、た……っ）

アリアの願いを受け入れてくれた〝神様〟に、感謝せずにはいられない。

掌にコロン……、と転がった小さな魔石《いし》を胸に抱き、アリアはぎゅっと目を閉じる。

（これで、救える……！）

「……ソレが欲しかったのか？」

と、ふいに聞こえた低い声に現実へ引き戻され、アリアはびくりと肩を震わせる。

（……どうしよう……！）

一体なにをしているのかと、そう追求されたら上手く逃れられる自信はない。

けれど。

「お前も宝石に興味があったりするのか？」

この空間にあるものの正体を知るはずもないシオンからそう尋ねられ、アリアはきょとん、と瞳を瞬かせる。

「アクアマリン、か……」

この世界にも宝石というものは存在する。その一つの名前を呟いて、シオンは壁に埋め込まれた、澄んだ海の色を思わせる宝石へ手を伸ばす。

が。

「……！」

その指先が壁へ触れる寸前。石が泉に落ちた時のようなさざ波が壁一面へ広がっていき、見ることも触れることも叶わない透明な水面のような存在に、シオンが小さく息を呑む。

ここで目にしているものは、確かに存在するのだろうか。

目の前の光景は全て幻で、自分達はなにかに惑わされているだけで、本当はなにもないのではないだろうか。

ここは、そう思わせるには充分な、現実味のない魔法の空間だ。

「……シオン……！」

けれど、見えない〝なにか〟に触れた指先をまじまじと見つめたシオンの元へ、天空からアリアが祈った時と同じようにふわふわと一つの球体が降りてきた。

（こんな展開、知らない……！）

それは、まるでシオンに誘われるかのように、ふわふわと存在を誇張する。

シオンとて、強い光の魔力を有している。けれどそれくらいのことで手に入る〝魔石〟ではないはずなのだ。

予想外の展開にただただ成り行きを見守るしかないアリアは、自分へ寄ってきた輝く球体にシオンが手を伸ばす姿を、まるでスローモーションを見るかのような感覚で見つめていた。

伸ばされたシオンの左掌の上でふわりと舞い、先ほどと同じく、パリン……ッ、と耳に届かない音と共に、中から〝なにか〟が現れる。

先ほどシオンが「アクアマリン」と呟いたのを聞いていたかのように、その掌で輝くのは、透き通るような蒼色をした小さな魔石《いし》だった。

「……これは、なんだ……？」

低く漏らされた疑問の声に、アリアに返せる答えなど存在しなかった。


幻想的で不思議な経験をし、夢から醒めたような思いで一番最初の分かれ道へ戻ると、すでにそこには「行き止まり《ハズレ》だった」と肩を竦めるセオドアたちがいた。

つまり残された「神剣」への道は、未だ戻る様子のないリオとルイスが向かった先にあるということで、アリアたちは小走りになりながら全員で急ぎ二人の後を追っていた。

「マジでなんなんスか、この迷宮……っ！」

命を脅かすような罠などはないが、とにかく来た道がわからなくなるほど入り組んだ構造と、失われた古代文字と謎の暗号。思わず訳がわからないと泣き言を言いたくなってしまうルークの気持ちはもっともで、アリアは困ったような微笑みを返す他はない。

「ていうか、これってそもそもオレが入ってもいい場所なわけ？」

先へと急ぎながら、ユーリはユーリで今さらながらそんな疑問に首を捻る。

ここは、王家管轄の、国の中でも限られたごく一部の人間しか知らない秘められた古代遺跡だ。

リオが人選したのだからなんの問題もないとは思いつつ、五大公爵家の血が流れる他の面子とは違い、この中で唯一〝一般人〟の自分が国の重大機密に関わってしまってもいいのだろうかと疑問に思うのは当然かもしれない。

「それだけお前がリオ様に信頼されてる、ってことだろ」

チラリとユーリへ視線を投げつつ、セオドアが兄貴分な口調で優しい笑みを向ける。

現国王がこの地下迷宮へ挑んだ時、単身で乗り込んだのかどうかはわからないが、その国王の許可を得ての人海戦術だというのだからこれはこれで構わないのだろう。

「だとしたらちょっと嬉しいけどな」

言葉通り嬉しそうに、少し照れたように笑うユーリの横顔が可愛くて、アリアもつられるように口元が緩んでしまう。

「追い付いた……、か？」

急に拓けた道の先。ひんやりとした空気が足下から流れてきて、シオンの言葉に全員一度足を止める。

さらにその先。人一人がなんとか通れるほどに狭くなった道の奥から続く緩やかな坂を一人ずつゆっくり下っていくと、そこには巨大な空間が広がっていた。

「綺麗……」

ゲームで見た光景と同じだが、実際に現実のものとして目の前で見れば、臨場感など、なにもかもがまるで違う。

思わず感動の声を漏らし、アリアは一面に広がる蒼い光を見回した。

言うならば、〝蒼の洞窟〟をそのまま大きく広げたような空間。ひんやりとした空気はここから来ているのだということがわかる、足元に揺蕩《たゆた》う蒼い水。遠くまで満たされたその水の中央には、大きな岩が虚空にぽかりと浮いていた。

そして、その巨大な岩に刺さって。

〝スポットライト〟に照らし出されているかのように、白銀に輝く「剣」の「柄」が姿を現していた。

「来たか」

アリアたちから十メートル程先にある大きな岩の上。上空に浮かぶ岩を見上げていたルイスが、アリアたちの到着に気づいて静かに振り向いた。

「ちょうど呼びに行こうと思っていたんだよ」

その隣で優雅な微笑みを見せるのは、もちろんリオだ。

「リオ様……」

「あれが……？」

確認の意で向けられるルークとセオドアの瞳にこくりと確かな頷きを返し、リオは幻想的な輝きをみせる巨大な岩の上へと挑むような眼差しを向ける。

「そう。あれが〝神剣〟だよ」

選ばれし者のみが手にすることが許されるという「神の剣」。

「ボクに、その力があればいいんだけど、ね……」

リオにしては珍しく、ぴりりとした緊張感を纏わせて、ぐっと拳を握り締める。

「貴方を置いて他に、誰があの剣に相応しいというのです」

「リオ様なら大丈夫っスよ……！」

強く、静かに告げるルイスと、前向きで明るいルークの声が響く。

「自分の力を信じてください」

未来の皇太子に間違いなくその力が備わっていることを知るアリアは、リオを真っ直ぐ見上げると確信に満ちた柔らかな微笑みを浮かべた。

「……じゃあ、ちょっと行ってくる」

ふわっ、とリオの体が浮き、優しい風の流れと共にその身が上空を静かに舞う。

トン……ッ、と優雅な動作で浮いた巨岩の上へ降り立って、リオは目の前に埋もれた剣の柄を見つめる。

「……抜いた途端にこの空洞が崩れる、なんてことはないですよね……？」

リオは、確かに「神剣」を手に入れる。けれど剣を抜いた直後に起こる事象を思い出したアリアは、他の面子が心構えできるよう、わざと不穏な想像を口にした。

「……そんなことはないと思うが……」

こういった状況で洞窟が崩れ落ちるのは王道中の王道の展開だ。

眉を顰めて否定したルイスは、今まさに埋もれた剣の柄へ手を伸ばそうとしているリオを見上げて難しい顔になる。

実際アリアが知る限り、この洞窟が崩れたりはしない。

崩れはしないが……。

「リオ様……」

己の敬愛する主へ眩し気な瞳を向けて、ルイスが祈るような声を漏らす。

リオの手が、白銀の柄へかかる。

するとリオの全身が光魔法の祈りで輝き、その姿は絶対不可侵で神聖な存在を思わせる。

剣が、ズズ……、という反応を見せて揺れ。

遠くからでもリオのこめかみから一筋の汗が流れ落ちる様子がわかる気がして、アリアは祈るように手を組んだ。

(大丈夫、大丈夫……)

苦し気な顔をするリオと自分へ言い聞かせるように心の中で呟いて、アリアは少しずつ「神剣」がその姿を現していくのを見守り続ける。

限りなく重たいものを持ち上げるように、埋もれた剣の先は少しずつその全貌を明らかにしていく。

「……リオ、様……」

とうとう切っ先が宙へ浮き、その姿を確かめるようにリオが天空の光へ輝く「神剣」を掲げたその瞬間。

ソレは起こった。

ゴゴゴゴ……ッ！　と地響きが鳴り出し、地震のような揺れが足元を襲う。

「……っ！」

立っていられないほどの揺れにそれぞれが不安を隠せない表情で警戒を強める中、ふとすぐ傍に気配を感じて、アリアは慣れた匂いに顔を上げる。

「シオン……ッ」

「気をつけろ」

リオの命令通り手の届く範囲内にいたシオンは、アリアの頭を庇うように己の胸元へと引き寄せる。

「シオ……」

大丈夫だからと言いかけた言葉は、シオンの意外にも逞しい胸の中に消えていく。

強くなった若草のようなシオンの香りに、反射的に顔に熱が籠る。

洞窟は、決して崩壊したりはしない。

その代わり。

急激に足元から増していく水嵩《みずかさ》に、激しい振動の中でそこから逃れる術はない。

シオン一人であればリオのように空へ逃れることもできたかもしれないが、アリアも一緒にとなるととても無理だろう。

立っているだけで精一杯な揺れの中、それでもなんとか湧き上がる水を掻き分けながら、ルイスのいる高い岩石へ辿り着く頃には、ルイスとリオ以外のメンバーは全身をしとどに濡らす結果になっていた。

「……オレたちが来た道、塞がっちゃったけど……」

揺れが収まり、全員がほっと安堵の吐息を漏らした頃。

ユーリは水下へ消えた入り口の方を茫然と見遣って口を開く。

「……泳いで帰る……？」

下り坂を降りてきたため、恐らく迷宮内まで水が入り込んでいることはないと思うが、戻るためにはそれなりの距離を泳がなければならないだろう。

「大丈夫だよ」

ルイス以外の全員が溢れた水を見下ろす中、柔らかな声が傍で響いて、濡れた眼鏡をかけ直したセオドアが背後へと振り返る。

「リオ様」

持ち主によって姿形を変えるのだろうか。いつの間にか変形した、その華奢な身体にしっくりくる細身の剣を携えて、優しい微笑みを浮かべたリオがアリアたちの前へと降り立った。

「帰りはボクの転移魔法で戻るから」

「転移魔法っスか……!?」

途端、体験したことのない高等魔法に、ルークがキラキラと期待の眼差しを向ける。

「最近覚えたばかりだから、まだ自由自在にとまではいかないけどね」

しばらく前に習得したばかりで、ルーカスのように自在に操るところまではいかないが、それでも学園内や王宮程度であれば可能だと言って、リオは優しい微笑みをますます深くする。

「今回は、本当にありがとう」

眩い光を放つ白銀の剣を手に微笑むリオは、本当に別世界の人間のようで、ルークは慌てたように手を横に振る。

「いえっ、自分は……っ」

「結局なにもお役には立てていませんけど」

セオドアは申し訳なさそうに苦笑して、その横にいるユーリもまたこくりとそれに同意する。

「ボクたちがここに辿り着いたのはたまたまだから。それだけで充分だよ」

最初の道を三方に分かれて進まなければ、もっと時間がかかっていたかもしれないと言って、リオはその場にいる全員を労った。

それからほぼ全身を水に濡らしてしまう結果になったことを謝罪して、一人一人の顔を見回す。

「みんな、風邪をひいても困るし、王宮でいいかな」

着替えを用意させると言って、リオはルイスへ向き直る。

「戻ったら、湯浴みの準備を」

「かしこまりました」

セオドア辺りが気を利かせたのか、いつの間にか暖を取るように燃やされていた炎が洞窟内に揺らめいて。

相変わらずの幻想的な蒼の水面と、頭上から降り注ぐ淡い輝き。

安全な場所まで来てアリアを離したシオンは、髪の先から滴り落ちる水滴に、不快そうに顔を顰めている。

ぽとぽとと、黒い髪の先から滴り落ちる水の雫。

全身が水に濡れ、そこかしこから水滴が滴るシオンの姿はドキリと胸が高鳴るほど綺麗で魅惑的だけれど、それを目にしたユーリにとっては。

ユーリの瞳がみるみると大きく見開かれていく。

ユーリの中でなにが起きているのか、アリアはすでに知っている。

濡れた全身から水を払うような仕草を見せるシオンの姿は。

――幼き日に助けた小さな男の子と、姿、重なる瞬間――。


全員一緒に一度で転移するにはまだ力が及ばないと申し訳なさそうに謝ったリオは、先行で側近のルイスとセオドア、ユーリを王宮まで転移させ、追ってすぐにアリアとシオン、ルークを同じ場所へ飛ばしていた。

その間はそれほどの時間差があるわけではないが、女性を優先させるリオにしては珍しいその人選は、おのおのの複雑な人間関係をきちんと鑑みてのことだと思えば、気の利き方はさすがだという感想しか出てこなかった。

「転移魔法、すげーっスね！」

初めての経験にルークが感動の声を上げる。

先ほどまで〝蒼の洞窟〟にいたというのに、リオの描いた魔法陣が足元へ現れたかと思えば王宮の一室まで移動するのは一瞬で。一秒前までいた輝きとはまた違う現実的な明るさの元へ突然引き戻されたアリアは、思わず眩し気に目を凝らして室内へ顔を向ける。

そこにはすでに使用人たちが控えており、その使用人たちへ指示を出しているらしきルイスと……。

「アッ、アリア……ッ！」

現れたアリアを見つめ、なぜか真っ赤になったユーリがいた。

「……ユーリ？」

どうしたの？　と小首を傾げながらよくよく見れば、ユーリの横に立つセオドアまで仄かに顔を赤らめて硬直している。

「いや……っ、あのっ、その……っ」

どう指摘したものかと激しい動揺に目をあちらこちらへ浮かばせながら、結果的には見てはいけないと判断したのか、真っ赤な顔のまま固く目を閉じたユーリの行動に、アリアはふと自分の姿を見下ろした。

「……ぁ……っ」

途端、羞恥で顔に熱が昇った。

先ほどまでは、それなりに暗かったためによくわからなかったが、水に濡れた身体はアリアの曲線ラインをはっきりと際立たせ、薄い生地が肌に張り付いて透けて見える。

（ユーリに気を取られてる場合じゃない……！）

シオンとの過去を思い出したのであろうユーリのことは気になるが、さすがに今はそれどころではない。

身体から滴り落ちる水滴と、肌の色まで晒す薄い布地。

あまりの羞恥に自分自身を抱き締めてその場に座り込みたくなったアリアへ、パサ……ッ、と肩からなにかがかけられる感触がした。

「風邪ひくなよ」

「……シオン」

まるで子供扱いだと思うが、どうやら近くにいた使用人から拝借したらしい大判のタオルの端を握り締めながら、アリアは素っ気ない態度で離れていくシオンを見遣る。

「アリア。先に行っておいで」

それから、使用人へアリアを湯浴みへ案内するよう伝えるリオの微笑みに、

「……はい」

さすがのアリアも素直に頷いていた。

時は廻りて

『……オレ、昔、お前に会ってない？』

ユーリがシオンへそう問いかけるのは、どこでの出来事だっただろう。

ゲームでは、これをきっかけにユーリの気持ちが急速にシオンへ傾いていくのだが、この現実でそれがどんな働きかけをするのかはわからない。

アリアが見ている限りでは、二人の間に変化はない。

それは、まだユーリとシオンが過去の思い出話をしていないからなのか、それとも話した上でなにも変わらなかったという結果《こと》なのか。

(気になる……っ!)

昨日までとなにも変わらない二人を眺めながら、アリアは一人悶々と自問する。

気になって仕方がないが、二人だけでなされる会話を聞く権利はアリアにない。

ただ、二人の間に少しでもなんらかの変化がないか、全神経を集中させて見守ることだけが、アリアに許された唯一の行動だった。

「最近ユーリはよくリオ様のところに行っているのね」

天気のいい昼休み。久しぶりにお弁当を持参したアリアは、シオンとユーリ、セオドアを誘って中庭でピクニック気分を味わっていた。

一応、普段は仲良くなったクラスメイトたちとランチをしているのだが、今日はルークが顔を出すというので、わざわざ外で食べやすいおにぎりやサンドイッチなどを作ってきたのだ。

「あと、ルーカス先生。あんなでもやっぱり優秀だし」

ここ最近ユーリが魔法習得のための努力を始めたことを知ったアリアの問いかけに、もぐもぐとおにぎりを頬張りながら、ユーリが物言いたげに眉を寄せる。

「あんな、って……」

「まともに魔法が使えるようになればわざわざ近づいたりしない」

苦笑いをするセオドアへ可愛い顔をますます顰め、ユーリは最後の一口をお茶で流し込む。

〝ルーカスルート〟であれば、敬遠しながらも魔法の教えを乞う間に少しずつユーリの警戒も解かれていくのだが、この様子を見る限りは今のところそれはなさそうだ。

むしろできることならばアリアもルーカスに魔法指導をお願いしたいと思うものの、リオから直々に頼まれたユーリと違い、アリアが個人的に接触を取ることは難しいだろう。

「リオ様には本当に感謝しかない」

「きっとリオ様も喜んでるわよ」

あくまでアリアの推しは〝シオン×ユーリ〟と〝ルイス×リオ〟だが、リオを敬愛する身としては、ほどよくユーリとも親睦を深めてほしいと思う。

心許せる主人公《ユーリ》の存在は、リオにとって必要不可欠なものであろうから。

ユーリは迷惑をかけていると恐縮しているが、リオにとってもユーリと過ごす一時は心癒される時間に違いない。

「アリアの話、よくするよ」

「……え……？」

とても無邪気なユーリの笑顔に、アリアは不意を突かれたように目を丸くする。

「アリアが無茶ばっかりするから」

いつも気にかけているのだと言われて、申し訳ないという思いでいっぱいになってくる。

責任感が強く優しい従兄は、〝誰か〟が傷つくことにいつも心を痛めているのだから。

と。

「シオン様……っ！」

辺りに響いた高い声に、途端ユーリの顔が顰められる。

「……出た」

そこには、満面の笑みを浮かべて駆け寄ってくるリリアンの姿があった。

一緒に来たのか偶然なのか、その後方には苦笑いをしたルークもいて、リリアンに気づかれないよう、仕草だけで必死に謝罪の意思を示してくる。

「なんですかっ、それ。人をお化けみたいに」

「似たようなもんだろ」

「どこがですか……！」

早速言い合いを始めるリリアンとユーリに、その争いの渦中にいるはずの人物《シオン》は、素知らぬ顔で読書を続けている。

「……とりあえず二人とも座ったら？」

相変わらず犬猿の仲の二人を宥めつつ、アリアはリリアンとルークをお茶に誘う。

「あっ、美味しそうですね」

すでに中身の大半がなくなってしまった籠の中を覗いたリリアンが瞳を煌めかせ、その反応に思わず口元が綻んでしまう。

「よければ食べる？」

「いただきますっ」

言うが早いがアリアの正面に座ってサンドイッチへ手を伸ばしてきたリリアンに、自然と笑みが溢れ落ちる。

「ルークもどう？」

「ありがとうございますっ」

自分が作った料理を喜んで食べてもらえることは単純にとても嬉しい。

多めに作ってきて正解だったと思いながら、アリアは少し横にずれてルークを出迎えるセオドアへ顔を向ける。

「それでルーク。今日はどうしたんだ？」

「ここ最近いろいろあったんで。ちょっと真面目に勉強しようかと」

セオドアからの問いかけに、ルークはシートの上に腰を下ろしながら照れくさそうな笑みを零す。

〝勉強〟というのは魔法のことに他ならない。

家庭教師に基礎と実技を習うのもいいが、独学でもしてみたいことがあるらしいルークは、リリアンの父親に口利きをしてもらい、学園の図書館で魔法書を借りることにしたらしい。

国内トップクラスの魔法学校だけのことはあり、この学園の図書館はかなり立派なものだ。けれどわざわざここの図書館を選んだのは、ユーリに会うための言い訳にするつもりに違いない。

そしてそれを聞き付けたリリアンが、シオン目当てにルークへ同行したとしても、ルークにそれを止める術はないだろう。

「少しは遠慮しろよっ」

昼食を取らずにやってきたのか、思いのほか食が進んでいるリリアンへ、ユーリが仔犬のように見えない毛を逆立てる。

そんなユーリへぴたりと動きを止め、リリアンはじっとユーリを見つめると、なぜかチラリとアリアとシオンへ視線を投げた後、今度はじとりとした目を向ける。

「ていうか、もしかしてユーリ様、好きなんですか？」

「……なん……っ!?」

リリアンの言葉にユーリは絶句するが、アリアはユーリ以上に驚愕する。

（なんて爆弾発言を……！）

ゲームの中でも、リリアンはシオンとユーリの間にあるただならぬ関係にいち早く気づいて二人の仲を邪魔していたが、この現実でも恋する乙女の勘は健在らしい。

「だから、私が邪魔なんですか？」

「……なに言っ……」

「そーゆーの、ナンセンスだと思うんですけど」

ふ～、やれやれ、と、音にするならばそんなふうに大袈裟なくらいの態度で溜め息を漏らしたリリアンに、アリアの目は丸くなる。

（どういう意味……っ⁉）

ユーリとシオンの間に割って入る存在――リリアンが〝邪魔〟であることは間違いないが、その後のリリアンのセリフの意味はいまいち理解することができない。

（やっぱりそうなの……⁉）

アリアが気づいていなかっただけで、二人の仲は発展していたのだろうか。

だとしたならば、これ以上嬉しいことはないのだけれど。

「⁉」

（……え？）

そこでユーリと目が合って、瞬時に顔を真っ赤にしたユーリの反応に、アリアは瞳を瞬かせる。

（なに？）

けれどすぐにユーリの視線はアリアから外されて。

「だったら丁度いいじゃないですか！　協力し合いましょう！」

「なに言ってんだよっ！」

一人興奮して頬を赤らめているアリアになど気づく様子もなく、エスカレートしていく二人の言い合いに、セオドアが乾いた笑みを浮かべる。

「お前たち、いい加減に……」

「……くしゅ……っ」

「……風邪か？」

けれど、隣でルークが一つ大きく身体を震わせたのに気づいて、セオドアは心配そうな目を向ける。

「それなりに冷えたからな」

先日の、洞窟での水浴びのことを言っているのだろう。

「風邪はひき始めが肝心だからな」

気を付けろよ？　と眼鏡を押し上げたセオドアの言葉に、ユーリがぴくりと反応する。

「風邪？」

くるりとルークの方へ振り返り、すぐ傍まで近寄ると、コツン、とおでこ同士を接触させる。

「熱はなさそうだけど……」

「ユッ、ユーリ……ッ！」

そういえば、ユーリに対しては呼び捨てなんだな、などと、真っ赤になって慌てるルークを見ながらアリアは妙に冷静に考える。

「え？」

ルークとユーリの顔は、吐息がかかるほど近すぎる距離にある。

さすがにいきなりのこの距離感は不躾だと思ったのか、慌てて後ろへ飛び退いたユーリは、羞恥で可愛らしい顔を赤く染める。

「わっ、悪い……っ！」

母さんがいつもこうするから……っ！　と、スキンシップが好きな母親の癖を言い訳にして気まずそうにおどおどとするユーリの姿に、アリアの顔もまた赤くなる。

〝シオン×ユーリ〟は譲れないが、それでもこんな、ユーリと対象者との〝萌えイベント〟は、素敵すぎて黄色い悲鳴を上げそうになってしまう。

（かっ、可愛い……っ！）

お互いゆでダコ状態で俯くルークとユーリの姿が可愛くて、顔だけは冷静に微笑みながら、そんな二人をじっくりと観察する。

けれどそんな微笑ましい光景も、空気を無視して割って入ってきたリリアンによって、すぐに違うものになってしまう。

「というか、そもそもセオドア様がいけないんですからね⁉」

突然話を振られたかと思えば叱責され、セオドアは一体なんの話だと若干リリアンと距離を取りながら身構える。

「セオドア様とアリア様のご両親は親友同士なのでしょうっ？」

ずずいっ、とセオドアの方へ迫り、リリアンはぷくぅ、と頬を膨らませる。

「私、アリア様はてっきりセオドア様と婚約するとばっかり」

だから油断した。と、ある意味一番警戒しなければならない相手を除外してしまっていたのだと、リリアンは悔しそうに口にする。

「それがまさかシオン様と、なんて……。完全にダークホースですよっ！」

だから責任取ってくださいっ。と据わった瞳で責められても、セオドアにしてみればとんだお門違いもいいところだろう。

所詮上流貴族の婚約など家同士の問題で、本人たちの意思とは全く関係ないのだから。

「いや……、そんなことを言われても……」

なぜか仄かに顔を赤くしながら口ごもるセオドアに、言いたいことを言って一応の気が済んだのか、リリアンはアリアが用意しておいた飲み物を一気に傾ける。

「リリアン様……」

相変わらず揺るぎないなぁ。と苦笑しながらも、アリアなどは感心してしまう。

裏でこそこそしているよりは、リリアンのように正々堂々と宣言してくる方がよっぽど小気味よくて気持ちがいい。

「……飲み物もらってもいいか？」

そうして今まで一切会話に加わることなく、膝を立てた格好で書物に目を落としていたシオンから声をかけられ、アリアは飲み物を用意しようと手にしたカップを床に置き……、と、正確には置こうとして、

「わざわざ淹れなくていい」

「え？」

手に触れた感触に、思わず顔を上げる。

飲みかけのカップは、アリアの手ごとシオンの口元へ運ばれて。

元々少量しか残されていなかった中身を全て飲み切って、シオンはあっさりアリアから手を離すとすぐに読書へ戻っていく。

「～～っ、シオン様……⁉」

その様子を一から十まで全て見つめ、怒りからか羞恥からか真っ赤な顔で涙目になりかけたリリアンが声を上げるも、シオンが気にする様子はない。

（……なにこれっ、天然なの……⁉）

相手が自分であるということを差し引いても、流れるように行われた行為の一部始終には、うっかりときめいてしまう。

なんといってもシオンはアリアの一推しキャラだ。手の届かない〝アイドル〟からファンサービスをもらったような心地で、思わず心臓がドキドキと高鳴った。

恐らく、シオンはなにも考えていない。

もしアリアとは反対側にいるユーリのカップの中身が残っていれば、同じことをしていたのではないかと思うくらいには、本当になにも気にしていない気がする。

とはいえ、リリアンやセオドアにも同じことをするかといえば決してしないだろうこともわかるから、それだけ自分が信頼されているのだと思えば、じんわりとした喜びに胸が満たされていくのを確かに感じる。

そうして、手にしたままの返された空のカップへ目を落とし、アリアはどうしたものかと思わず頬を赤く染める。

たとえ〝アイドル〟からのファンサービスだとしても、このまま口をつける勇気はアリアにはない。

どうしたものかと悩みつつ、けれど手離すこともできなくて、アリアはコップを持つ手にぎゅっと力を入れていた。


*****

なぜだかすっかり居候が板についたユーリは、わざわざユーリのために買い換えたと言っても過言ではないソファーベッドの上でゴロゴロしながら、魔法書を眺めていた。

シオンはよく読書をする。家具などに拘りなどなさそうなシオンだが、恐らく唯一拘ったのではないかと思わせる座り心地の良い大きな椅子へ腰かけて、綺麗な指先がパラリとページを捲っていく。

この時間の沈黙は嫌いじゃない。

ユーリがどんなにゴロゴロとだらけようとも、シオンがそれを気にすることはない。

正直に言えば、ユーリを空気のように扱うシオンの態度は好きかもしれない。

いてもいなくても気にしないと言われればどうでもいいような存在にも思えるが、割と神経質そうなシオンが〝誰か〟を傍に置いて気にせずにいられるというのは、それだけ心を許されているからだと思う。

シオンとの付き合いは長くもないし深くもない。

それなのになぜ、と、さすがに図太いユーリでも、このシオン《友人》の性格を考えれば疑問に思わなくもなかった。

右へ左へゴロゴロゴロゴロ。

すでに魔法書の文字など眺めているだけで頭には入っていない。

いろいろあって本気で魔法の取得に乗り出してはいるものの、元々ユーリは勉強があまり好きではない。

やればできる程度の頭を持ち合わせていようとも、〝勉強をする〟という行為そのものが得意ではない。

そして気になることがあれば基本的に口にせずにはいられない。

ユーリはどちらかと言えば短気な性格だ。

「……なぁ、シオン」

ゴロゴロゴロゴロ。だらけた態度は変えることなく、声をかけた相手へ目を向けることすらせずにユーリはゆっくりと口を開く。

「なんだ」

こちらもまた、本から視線を離すことなくユーリへ先を促してくる。

「……オレ、昔、お前に会ってない？」

今日の夕飯はなんだろうな？　くらいの軽さで問われたその内容に、シオンの指先がぴたりと止まった。

聞き違いを疑うように、本の文字からシオンの視線が浮いて十数秒後。

パタン……、と本を閉じたシオンは、ソファーベッドに転がるユーリへ視線を移す。

「……どうしてそれを」

その反応に、やっぱりな、と、なにもかもが附に落ちた感覚がした。

初対面、ではなかったから。

シオンが初めからユーリに気を許していたのはこれが原因かと納得する。

「別に忘れてたわけじゃない」

最後にゴロリと転がると、ユーリはソファーの上で胡座をかく。

それから真面目な顔でシオンへ向き直ると、はっきりとした声で告げる。

「ただ、あの時の男の子とお前が同一人物だなんて、気づく方が難しいだろ？」

過去の記憶に確かに存在する一部分。だが、その記憶にある子供がシオンだったのではないかと気づかされたのは最近だ。

幼い日の出来事そのものを忘れていたわけではない。

「……お前にとっては誰かを助けることなんて日常茶飯事で、当たり前のことすぎて覚えていないのも仕方のないことかもしれないと思っていた」

その時ふとシオンの心に過《よぎ》ったのは、少し前の文化祭でユーリと話した人魚姫の物語。

誰にでも手を差し伸べるユーリにとって、自分とのあの出来事はいつもとなんら変わらない生活の中の一部分にしか過ぎなくて。流れ行く時間《とき》と共に、ただ忘れられていくだけの存在。

「そんな薄情じゃないぞ⁉」

その程度と見くびられては堪らないと声を上げながら、それでも確かにあの時は母親の趣味で女装させられていたから、できれば忘れたい思い出ではあるとユーリは苦笑する。

「……オレは、ずっと忘れられなかった」

ユーリと再会し、接してみて、やはりあの時の〝少女〟はユーリだったのだと確信だけが深くなった。

けれど。

「……そっか」

なんか、ありがとな。と照れたように笑い、ユーリはキラキラとした大きな瞳をシオンへ向けてくる。

「じゃあやっぱり、この再会は運命だな！」

なんの衒《てら》いもなく口にされるそれは、どれだけの深い意味を持っているのだろう。

満面の笑みを浮かべるユーリの無邪気さにザラリとした感触を覚えるのはなぜなのかわからない。

〝あの時の少女〟が自分を覚えてくれていたことは、単純に喜ばしいことのはずなのに。

「……そうかもしれないいな」

恥ずかしげもなく口にされたユーリの言葉に、珍しくもそう言葉を返しながら、シオンは答えの出ない思考回路の中へ取り残されていた。

黄昏～誰ぞ、彼と。～

（……なにかしら……？）

この違和感。と、学園の廊下で一歩先を並んで歩くシオンとユーリの後ろ姿を見つめながら、アリアはどうにも拭えない疑問を浮かべて眉を寄せる。

最低限の返事しかすることのないシオンと、そんな素っ気ないシオンの態度も気にすることなく、笑って話を続けているユーリの姿はいつもとなんら変わらない……もののように見える。

（でも、なにか……？）

たいした会話が交わされているわけでもない。

一方的にユーリが話しかけ、シオンがそれに相槌を打つ。必要最低限の反応しかしないシオンは、けれどきちんとユーリの話を聞いている。

いつもと同じ。今までとなにも変わらない。

（と、思うのだけれど……）

なにか、どこか、空気が違う気がする。

ゲームとは違い、この現実世界では、ユーリは驚くほどシオンに懐いている。それこそ人懐こい仔犬のような纏わりようだ。それを、基本的に人を寄せ付けないシオンも、特に追い払う様子もなく好きにさせている。

それが、現実での二人の関係図。

その、二人の間に流れる空気が。なにか、今までと違う気がした。

具体的にどこがどうと聞かれてもわからない。

(ただ、なんとなく……)

別段アリアの期待しているような甘い空気が流れているわけではない。強いて言うなら、より一層ユーリのシオンに対する態度に遠慮がなくなった気がするというか、シオンはシオンで今まで以上にそんなユーリを放置しているというか。

(なにかあったの……⁉)

悶々とするアリアの腐女子の勘はさすがに鋭いのかもしれないが、それを二人へ問い質すことができるはずもなく、アリアはただただ想像に身悶えることしかできない。

そしてそんなこんなとアリアが一人考察を深めている間にも、三人は目的地へと辿り着き、シオンの音にならない溜め息が漏らされる。

ココン……ッ、と。扉をノックするかしないかのタイミングで、

「来たね」

音もなく扉が開かれる。

学園内に自動ドアなどあるはずもないから、それは来客を察して発動された部屋の主の魔法によるものだろう。

「ルーカス先生」

相変わらず変なところでも魔力《ちから》を遺憾なく発揮しているなぁ、と感心しつつ、アリアはユーリの後に続いて室内へ足を踏み入れる。

「お邪魔します」

「また珍しい客人だね」

恐らくユーリ以外の客人の存在にも気づいていただろうに、部屋の中央で大袈裟に驚いてみせたルーカスへ、アリアはにこりと微笑みかける。

「すぐにお暇《いとま》させていただきますけど」

ユーリが定期的に通っているルーカスの魔法指導の日が今日だと聞いて、アリアが同行を願い出たのはそれこそ今日の出来事だ。

基本的に同席しているというリオが今日は予定があって遅れて来ると聞いたこともある。だが、アリアには、個人的にルーカスに会っておきたい理由があった。

「お変わりないですか？」

「うん？」

傍で睨みを利かせるシオンの視線など気にすることなく、アリアの髪先に指を伸ばしてきたルーカスは、柔和な笑みで首を傾ける。

「美人三人に会えて嬉しいよ？」

その指先を、ユーリが容赦なく叩き落としてくるのも気にすることなく、ルーカスは相変わらずの妖艶な微笑みを浮かべている。

ルーカスの目から見ればシオンすら「美人」の一言に収まると思えば、苦笑いするしかなかった。

「だから来なくていいって言ったのに」

「だから来たんでしょ？」

王族のリオがいない今、ルーカスは人目を憚ったりしないだろう。

〝ルーカス×ユーリ〟ももちろん美味しいけれど、それを理由に同行したアリアへ、ユーリは少しだけご立腹の様子を見せる。

「リオ様もすぐに来るって言ってたし」

「だからリオ様が来ればすぐに帰るわよ」

状況としては、ユーリをルーカスと二人きりにさせられないと同行を願い出たアリアと、そんな二人をルーカスの元にやれないと考えたのか、明らかに気乗りしなそうな様子で付いてきたシオンだ。

「相変わらず美人双子姉妹は目の保養だね」

「姉妹じゃない……っ！」

ユーリの美少女ぶりは認めるが、どこをどう見たら〝双子〟になるのか、アリアは未だに時折ルーカスの口から出されるその単語の意味がわからない。

「どうしてそういつもいつも……っ！」

「明日どうなるかわからないんだから、一瞬一瞬を楽しまなくちゃ損だろう？」

（……あ…………）

その言葉に、アリアの瞳へ動揺の色が走ったのを、誰かが気づくことはない。

がるる……、と威嚇でもしているようなユーリの毛の逆立てぶりに、シオンが大きく肩を落とす。

「……さっさと始めたらどうだ」

時間が勿体ない。と、魔法修行を促すシオンの呆れたような嘆息を聞きながら、アリアはそっと胸元に手を添えると、落ち着きを取り戻そうと大きく深呼吸していた。

＊＊＊＊

無事に「神剣」を手に入れて、アリアが思いを馳せるのは、もちろん次の〝イベント〟だ。

次のイベントにはルーカスが大きく関わってくる。驚くことに、バッドエンドも存在する〝ルーカスルート〟を選ぶのであれば、そのあとのルーカスとの関係をも決定づける重大イベントだ。

（とりあえずはまだ、大丈夫そう……）

ソレが具体的にどのタイミングで起きるのか、そこまで詳しいことは覚えていない。けれど、いつどんなタイミングでソレが起きてもいいように、アリアは身構えつつもとりあえずの安堵の吐息を漏らしていた。

「結局付き合わせちゃったわね」

ごめんなさい。と、シオンへ申し訳なさそうに謝罪して、アリアは階段を昇っていく。

結局あの後、大分遅れて来る結果となったリオを待つ間、せっかくだからとユーリと一緒に魔法指導を受けさせてもらっていた。

「まぁ、いい鍛練にはなった」

相変わらずアリアが魔法の戦闘訓練をすることには多少の抵抗が窺えるシオンは、諦めたような吐息をつきつつ、それでも自分の腕が研《みが》かれていくことに関しては単純に喜ばしく思っているような気配を滲ませる。

日は傾き、窓からは眩しいくらいの西陽《にしび》が射し込んでいた。

アリアたちのいる階段もすっかり茜色に染まり、もう誰もいる気配のない学校は静まり返っている。それでも物哀しさよりも仄かな温かみの方が勝っているのは、その光景がロマンチックとも言える美しい姿だからだろう。自然と柔らかな微笑みが浮かび、アリアの目は眩し気に細められる。

(綺麗……)

階段の踊場へ射し込む陽の光はまるでステンドグラスのような美しさを感じさせ、気づけば階段に足をかける速度がゆっくりになってしまう。

一瞬しか見られないであろうこの光景を、いつまでも見ていたい心地にさせられる。

「……アリア?」

止まりかけるアリアの足に、すぐ後ろを歩いていたシオンがぶつかりそうな距離感で眉を寄せる。

「……え……っ?」

そして、その低音に、アリアが驚いたように振り返った、その瞬間。

普段ならば頭一つ分以上高い位置にあるはずのシオンの顔が、階段の段差ですぐ目の前にあった。

キラキラと輝く陽の光が降り注ぐ中。

――……唇が、重なっていた。

「……」

「……」

（……え……？）

唇に柔らかな感触を感じたまま、アリアは時を止める。

目の前には、睫毛《まつげ》の数すら数えられそうな至近距離で綺麗なシオンの顔がある。

反射的に、手摺《てすり》を掴んでいた指先がぴくりと震えた。

時間にすればほんの数秒の出来事だっただろう。

けれど永遠にも近く感じられたその時間は、とてもゆっくり離れていったように思えるシオンによって終わりを告げた。

「……アリア？」

シオンにしてみても不意打ちの出来事だったに違いない。

珍しくも驚いたように見開いた瞳が至近距離からアリアを見下ろしてきて、こちらも手摺にかけられた指先に力が籠る。

（……い、今……っ！）

ハッとして、今の感触を確かめるかのようにアリアは自分の唇を片手で覆う。

確認し、自覚して、かなりの時間を要してから、アリアの顔には熱が昇っていく。

（……うそ……）

完全に事故のようなものだ。

けれど確かに感じたシオンの唇の感触に、どうしたって動揺は隠せない。

言葉を失い、顔を赤く染めたままただその場に立ち尽くしているアリアになにを思ったのか、シオンの空いた片手が、唇に添えられていたアリアの手をそっと外した。

「……シオン……?」

羞恥に潤んだ瞳が、なんの警戒心もなくシオンの顔を見上げた。

アリアの手を下へ下ろしたシオンの手は、そのままアリアの細い腰を支えるように添えられて、アリアの顔に影が差す。

自分を真っ直ぐ見つめてくる真摯な瞳に縫い止められたかのように、アリアはシオンの顔から目が離せなくなっていた。

(……やっぱり綺麗……)

茜色の世界の中。夕の光を浴びたシオンの姿は非現実的すぎて、アリアは夢心地でただただシオンに思考を奪われる。

ゆっくりと、吐息がかかるほどの距離まで近づいてきたシオンの顔に。

少しだけ力の籠った、腰に添えられた手の感覚に促されるままに、アリアの瞼は自然と閉じられていく。

今度はきちんと意思を持って唇が重なりかけた時。

「シオン……!　アリア……!」

まだいる⁉

と、切羽詰まったユーリの声が階下から響いてきた。

「ルーカス先生が……っ！」

倒れた、と。

静寂を切り裂いたその叫びは、平穏の終わりを告げる鐘の音だった。

書き下ろし番外編

推し活のススメ

「アリアと……、料理？」

教室に戻ろうとしたところで呼び止められ、なぜかひっそりとかけられたお誘いに、ユーリは瞳を瞬かせていた。

隣のクラスのアリアは、なにかとこちらの教室に顔を出すことが多い。それは婚約者であるシオンがいるからだと思っていたのだが、少なくとも今日のアリアが用事のある相手はユーリのようだった。

「そう。だめ？」

なんだかものすごく可愛らしくねだられている気がするのはユーリの気のせいか。

「……いや。ダメじゃないけど……」

アリアのその破壊力のあるおねだりの瞳に思わず動揺してしまいつつ、ユーリはちらりと教室の奥へと視線を投げる。

窓際の一番後ろの定位置。そこには、確実にユーリとアリアに気づいているシオンの姿があった。

「……二人で？」

「そうだけど」

一応確認のために聞いたのだが、なにか問題でもあるのかというような、きょとん、とした表情を返されて、ユーリは頭がくらりとするのを感じた。

「……シオンは？」

正直に言えば、アリアからのお誘いは中身がなんであれ嬉しい。しかもそれが二人きり、ともなればほんの少しだけ口元が緩んでしまいそうな自分もいる。けれどそこは、きちんと弁えなければ、ならないとも思っている。

「シオンが料理⁉」

「いや、そこじゃなくて」

どうやらユーリの問いかけを違う意味に捉えたらしいアリアに、ユーリは軽い頭痛まで覚えてしまう。

シオンを料理に誘おうなどとは、さすがのユーリも思っていない。いや、〝天才〟シオンのことだ。案外やってみたら料理人顔負けの腕……、などという可能性もなくはないが、やはり調理台に立つシオンの姿は想像できなかった。

シオンに料理をさせようなどとは欠片たりとも思っていない。つまり、ユーリが言いたいことは。

「一応シオンに聞いた方が……」

「なにを？」

「二人で料理をしてもいいか」

本気でわかっていなさそうなアリアに、ユーリは頭を抱えたくなりながら問題点を明示する。

アリアとシオンは婚約者同士だ。婚約者のいる身で他の男と会おうなど、たとえ場所が自分の家で、たとえ婚約者が許したとしても、本来ありえないことだろう。

「え？」

そこでアリアは初めて事態の重要性に気づいたのか、ぱちぱちと瞳を瞬かせて考え込むような仕草をする。

「あ……。そうよね、そう」

なにやらぶつぶつと呟いているアリアから、「ユーリを私と二人きりにするなんて……」などという理解不能な言葉が聞こえてきた気がするのはユーリの幻聴だろうか。

「でも、シオンに内緒で驚かせたいのだけれど……」

すでに遠くからシオンの視線を感じる時点で秘密にすることは難しいだろうが、「驚かせたい」というアリアの気持ちには押し黙ることしかできなくなってしまう。

結局ユーリもアリアには甘いのだ。

「……まぁ、反対はしないと思うけど」

「そうよね⁉」

つい溜め息を吐き出しながらアリアのおねだりを受け入れる言葉を返してしまえば、キラキラと輝く笑顔が返ってきて、もうそれ以上なにも言えずに苦笑いを浮かべるだけに留まった。

これが惚れた弱味だというのなら、本当に質《たち》が悪い。

「そしたら次の休日に！　寮まで迎えに行くから！」

なにがそんなに嬉しいのか、向けられる期待の眼差しに、ユーリはぐっと息を呑んだのだった。

＊＊＊＊

エプロン姿で自分の隣に立つユーリへちらりと視線を投げ、アリアは心の中でガッツポーズを作っていた。

（ユーリの手作り料理大作戦……！）

「シオン×ユーリ」で見たいシチュエーションは山ほどある。ゲームの中で起こったあれやこれやを近くで見届けることは必須として、せっかくこれほどの特等席にいられるのだ。でき得る限りの妄想を現実のものにしたいと望むことは当然だろう。

その第一歩としてアリアが選んだ萌えシチュエーションは、「ユーリの手作り料理をシオンが食べること」だった。

（どんな反応をするかしら……!?）

ユーリの手作り料理を前にしたシオンの姿を想像しかけ……、アリアの表情は微妙なものになる。

元々無表情なシオンが嬉しそうな笑顔を浮かべるようなことがあるはずもない。心の中のことまではわからないが、思い浮かんだシオンの姿は、アリアの手料理を口にした時となんら変わらないものだった。

（……シオンだもの。それは仕方ないと思うけど！）

素直に喜ぶ姿を見せてほしいとまでは思わないが、なぜこうも冷静でいられるのか。

愛しいユーリの手料理を前にして、少しは動揺してくれればいいものを。

あくまで想像の中のシオンではあるものの、恐らく間違ってはいないような気がすると、がっくりうなだれてしまう。

（でも、心の中ではきっと喜んでくれていると思うし！）

あのポーカーフェイスからはなんの感情も読み取れないが、そう信じて突き進むしかない。

それよりもなによりも。

（私が見たいだけだからいいのよ……！）

シオンのために料理を作るユーリと、その料理を食べるシオンの姿を。

萌え補完の自給自足、自己満足万歳だ。

ただ、惜しむらくは。

（破壊力……！）

小花の咲くフリルのエプロンを身に着けたユーリに視線を投げ、アリアは心の中で悶絶する。

一緒に料理をすることに承諾してくれたユーリだが、その身一つでアリアの家に来た。

そもそも寮にマイエプロンなるものを持ってきているはずもなく、アリアが自分のものを貸したのだ。

最初はあまりの可愛らしさに拒否をしたユーリだが、「汚れたら困るから」と言われてしまえば、アリアの親切を無下にすることは難しい。

そうして渋々白を基調とした甘系エプロンを身に着けたユーリは……。

（やっぱりシオンもここに呼ぶべきだったかしら……⁉）

どこからどう見ても〝美少女〟にしか見えないユーリを前にして、アリアはこの姿を独り占めしていいわけがないと苦悩する。

サプライズなどと考えずに、はじめからシオンも誘うべきだっただろうか。

誘っても料理をすることはないだろうが、ユーリがいるならば本を片手に同じ空間にいるくらいのことは頷いてくれたかもしれない。

とはいえ、後悔は先に立たず。

（どうにかしてエプロンを脱がないように……！）

元々シオンと会う予定がある前の時間にユーリとの時間を作ったため、料理ができあがった頃にシオンが来る算段になっている。

このままユーリのエプロン姿をシオンに見せられないなど、「シオン×ユーリ」最推しとしてあってていいはずがない。

ならば、なんとかこのエプロン姿のまま、シオンを出迎えられるよう時間調節すべきだろう。

（そこまでのことは考えていなかったけれど、洗い物まで手伝ってもらって……）

片づけまで一緒にしてほしいと言って、優しいユーリが嫌な顔をするはずがない。使用人たちから汚れ物はそのままにしておいて構わないと言われていたため、そこまでのことをしてもらおうとは思っていなかったのだけれども。

（背に腹は代えられないわ……！）

一緒に洗い物をすることで時間稼ぎをし、そのままシオンを出迎えるという作戦に出るしかない。

（決まりね……！）

アリアは心の中でぐっと拳を握り締め――……。

「アリア？……アリア？」

「！」

横から聞こえた自分の名前を呼ぶ声に、ハッと現実へ引き戻された。

「それで、オレはなにをすれば……？」

言葉通り、なにから手を出していいのかわからないという様子で所在なさげにそこに立つユーリへ、アリアは慌てて向き直る。

「あっ、ごめんなさい」

そこでもう一度ユーリの美少女ぶりに悶絶したくなったものの、なんとかそれを抑え込み、にこりとした笑顔を浮かべてみせる。

「ユーリは一通りのことはできるのよね？」

二十日病の時も、包丁を持つユーリの手つきは危なげないものだった。

ゲームの中でも簡単な家事であれば一通りこなせるというような発言があった気がするため、基本的なことは問題ないと思っていいだろう。

「まぁ、それなりには」

「そしたら、まずは卵焼きを作ってもらおうと思って！」

こくりと頷くユーリへ、アリアは思わず前のめりになりながらこれから作るべき料理を提示する。

「卵焼き？」

不思議そうにアリアの言葉を反芻《はんすう》するユーリの反応は無理もない。恐らく〝卵焼き〟は、この国にはない料理の一つだ。

「そう！　シオンは絶対に好きだと思うのよね」

ユーリがシオンに振る舞う、記念すべき初手料理。ずっとなにがいいかと悩んでいたのだが、これを思いついた自分はさすがだと自画自賛する。

どうせならば、アリアがまだシオンに作ったことのない、初めての料理をユーリに作ってほしかった。

さらには、シオンが好みそうなもので、かつ簡単に作れそうなもの……。と、頭を悩ませながら〝おにぎり定食〟的なものを考えていたアリアの元へ舞い降りてきたのが〝卵焼き〟だったのだ。

お遊びで描いたイラストとはいえ、スタッフが作ったシオンの裏設定は〝和食好き〟だ。

なんとなく、シオンは甘いものより出汁巻きの方がいい気がしたため、そちらの材料を用意した。

「作り方はすごく簡単で、そこにあるものを全部混ぜて、焼いて巻くだけだから！」

ユーリは不器用ではないから、作り方さえ教えればなんの問題もなくできるだろう。

あとは唐揚げに、おにぎりもユーリに握ってもらおうと思っている。これで立派な〝おにぎり定食〟の出来上がりだ。午後の軽食には最高の三品だろう。

「オレにできるかなぁ……」

「大丈夫よ。失敗しても時間はあるし！」

僅かに不安そうな呟きを漏らすユーリへ、にこにこと満面の笑みを向ける。

これからユーリが〝シオンのために〟手料理をするなど――、そしてその姿をこんなに近くで見ることができるなど、至福のひととき以外のなにものでもない。

「私は私でデザートでも作るわね」

さすがに、ただユーリの監督をしているだけ、というわけにはいかない。ユーリ一人でシオンへの〝おにぎり定食〟を作らせるため、アリアはにこりと笑って自分の作業に移るのだった。


半焼きほどの溶き卵をなんとか巻いていきながら、ユーリはちらりとアリアを盗み見た。

ユーリから少し離れた斜め前。そこには、赤いギンガムチェックのフリルエプロンを着けたアリアがいる。

(……アリアと二人きりで料理なんて……)

使用人たちも出入りしているため、正確には〝二人きり〟というわけではないのだが、アリアと料理をしているこの状況には少しばかりドギマギしてしまう。

二十日病の時にも二人で並んで野菜の皮むきなどをしたことがあったものの、それとはまた話が別だろう。あの時は、近くにシオンがいた。けれど今は完全に二人だけだ。

(いったいなに考えて……)

機嫌よさげなアリアへこっそり視線を投げながら、ユーリはそっと溜め息を吐き出した。

アリアは「驚かせたい」などと言っていたものの、あのシオンがアリアの企み事に気づいていないはずがない。ユーリがアリアの誘いを受けた後、シオンからなにも言われていないことがなによりの証拠だ。

そして、全てわかった上でなにも口を出してこないのは、自分がシオンに信用されているからだということも理解している。

（……まぁ、アリアが楽しいならいいんだけど……）

いったいなにを思ってユーリを料理に誘ったのかはわからずじまいだが、結局その結論で落ち着いてしまうあたり重症だ。

（……可愛い）

今にも鼻歌が聞こえてきそうなほどご機嫌なアリアからは、るんるんとした音符マークさえ見えそうで、ついつられて口元が緩んでいくのを自覚する。

しかも、女の子らしい可愛いエプロンはアリアに似合いすぎていて、どんな役得だろうと頭を抱えたくもなってくる。

アリアから、なんの意識もされていないことなどわかっている。意識していないからこそのこの所業だ。

（少しは、自覚……）

自分の魅力を自覚してほしいと願ったところで無駄だろう。アリアは自分の容姿には無頓着なところがある。金色に輝く長い髪に、宝石のように大きな瞳と小さな顔。華奢ではあるものの、決して弱々しくはない、女の子の理想そのものの体型。誰が見ても美少女だと認める己の容姿を、なぜかアリアは全く理解してない。

その無頓着さは、まるで自分は最初から男にとって論外の存在だと思っているかのようだ。

（……アリアだからなぁ……）

伝えたところできょとんとした反応が返ってくることが想像できて、知らず溜め息が零れてしまう。

自分がどれだけ周りの視線を集めているか、なんて。アリアが自覚する日が来るとは思えないのはなぜだろうか。

（シオンも大変だよなぁ……）

こちらもこちらでまだ無自覚らしい親友を思うと頭が痛くなってくる。

あれだけあからさまに態度に出しておきながら、どうしてこうも鈍いのか。

（だからって、わざわざ指摘するとか無粋な真似……）

「ユーリ？」

そんなふうに物思いに耽っていると前方から声をかけられて、ユーリはハッと顔を上げる。

「大丈夫？　ちゃんとできてる？」

そこには心配そうにこちらを窺ってくるアリアの姿があって、ユーリは慌てて手元へ意識を戻す。

するとそこには。

「あ……！」

「え？」

しまった。と声を上げるユーリに、アリアの瞳が瞬いた。

「……焦がした……」

考え事をしていて手が疎かになった結果、フライパンの上には見事焦げ目のついた卵焼きなるものができていた。

「……え……」

己の失態に落ち込むユーリに、一度作業の手を止めたアリアがやってきて、ユーリの手元を覗き込む。

「あぁ。大丈夫よ、これくらい」

「！」

そうして柔らかな微笑みを浮かべたアリアから、ふわりとした甘い香りが漂って、ユーリはドキリと胸を高鳴らせる。

「この焦げた部分だけ切って、新しい卵を焼いて……」

（近い近い近い……！）

焦げた卵焼きを修復していくアリアの言葉など耳に入ってこない。

ユーリもアリアのことを言えないほど人との距離感が近すぎるという自覚はあるが、アリアでどうしてこうも気にしないのか。

悲しいかな、その答えは〝意識されていない〟からだとはわかっていても、思わず突っ込まずにはいられない。

（なんかいい匂いするし……！　身体には触れそうだし……！）

ユーリに代わってフライパンに向き合うアリアは肌が触れ合いそうなほどの近距離にいて、ふわりと鼻を掠める砂糖菓子のように甘い女の子らしい香りに、頭がくらりとする。

触れたらきっと、とても柔らかいに違いない。

（だから！　どうしてアリアはこう……！）

そういう対象として見られていないばかりか、そもそも異性としてさえ意識されていないことに泣きたくなる。

アリアとどうこうなりたいだとか、意識されたいと思っているわけでもないので矛盾だが、これくらいの突っ込みは許されてもいいのではないだろうか。

「これで大丈夫だと思うから……。はい」

場所を譲るアリアに促されるままに交代し、まだ巻き途中だった卵焼きに向き直る。

〝卵焼き〟なるものは初めて目にしたが、食欲を誘う美味しそうな匂いが漂っている。

（……小腹空いたかも）

しっかり食べても身長が伸びないのは悩みだが、一応はユーリも立派な成長期だ。小さく鳴りかけてしまいそうになるお腹の音に、ユーリはこくりと唾を呑みこんだ。

（ちょっとくらいつまみ食い……）

人生初の卵焼きなるものを作ったら、恐らく「味見」と称して少し摘まむくらいのことは提案されるに違いない。

アリアのエプロン姿に、アリアも初めて作るという料理を一番最初に口にできる幸運。これくらいの役得はあっても許されるだろう。

「……美味しそう……」

出来上がり間近の〝卵焼き〟を前に、ぽろりと本心が零れ出た。

なぜアリアがユーリを料理に誘ってきたのかはわからずじまいだが、シオンに対して少しだけ優越感のようなものを感じてしまうのも確かだった。

（まぁ、たまには）

出来上がった卵焼きをお皿に移しながら、ユーリの口からは小さな鼻歌が流れ出ていた。


「その格好は？」

直接調理場に案内されてやってきたシオンの第一声に、ユーリの眉間には皺が寄った。

最初にアリアへ視線を投げた時にはなにも言わなかったくせに、数秒時を止めてユーリのエプロン姿を眺めてから微妙に眉を顰めたシオンに、ユーリはむっと言葉を返す。

「アリアに借りた」

可愛らしい花柄のエプロンを前にして、最初は断ったのだ。けれど「服が汚れてしまうから」と言われれば、受け取るしかないだろう。

フリルのエプロンが自分に似合わないことなどわかっている。

だが、シオンが言いたいことはユーリの想像とは違うものだった。

「アリアに……？」

アリアからの借り物。つまりそれは、アリアが普段身に着けているエプロンの一つだということも意味していた。

「……不可抗力だ！」

微妙に醸し出される不機嫌オーラに、ユーリは慌てて弁解する。

アリアから手渡されたエプロンは、太陽の光をいっぱいに受けた石鹸の匂いがしていたから、そこまで深く考えていなかった。

今さらながら、普段アリアが使っているものを自分が身に着けているという事実に気づいたユーリは、羞恥を覚えて赤くなる。

「もう脱ぐし！」

洗い物はもうほとんど終わっている。先ほど調理場を覗きにきた使用人からも、「洗い物はそのままで」と言われたため、軽く汚れを落としておけば充分だろう。

「アリアッ、これ、ありが……」

そうしてエプロンを脱ぎかけて、ユーリはそこで動きを止めた。

「って……、アリア？」

ユーリとシオンを見つめているアリアは、こちらを見ているようで見てない、意識が別の世界に向いているような気配を纏っていた。

「え……？」

「なんか、ぼーっとしてるから。どうかした？」

ぽー、というよりは、正しくはぽー、の方かもしれない。

アリアの頬が、どことなく興奮したかのように赤みを帯びている気がするのはユーリの気のせいだろうか。

「い、いえっ？　なんでも……っ？」

「……？」

僅かに上擦った声で慌てて目を逸らすアリアに、ユーリの眉間には皺《しわ》が寄る。

どう考えても挙動不審すぎる。

「ユーリの美少女エプロン姿初披露！　我ながらよくやったわよねっ？」

なにやらこっそりガッツポーズを作っていそうなアリアが目に入るが、なにを言っているのかまではよくわからない。

「シオンも見惚れてるし！」

完全に自分だけの世界に入っているアリアは、いったいなにを考えているのだろう。

「えと……、アリア？」

シオンが見惚れている……ようなことが聞こえてきたような気がするが、不機嫌になっている、の間違いではないだろうか。

「なんでもないわっ。大丈夫！　せっかくだから早く食べましょ？」

自己完結したらしいアリアは、なぜか自分を落ち着かせるように深呼吸をした後、軽食の時間にしようと促してくる。

「すぐにお茶を淹れるわね。ゲストルームに持っていくからそっちで待っていてくれる？」

「手伝うよ」

ほぼ通常運転に戻ってにこりと笑ったアリアに、ユーリは手伝いを名乗り出る。

「それならここの食べものを運んでもらってもいい？」

テーブルの上には、ほぼユーリが作ったワンプレート軽食――おにぎりと卵焼きと唐揚げという組み合わせだ――が三人分と、アリアが作ったデザート――プリンが置いてある。

「了解」

お盆を借り、道中の障害物を避けるために目でシオンに先導するよう命じれば、シオンは仕方がないといった様子でユーリの前を歩いていく。

そうしてゲストルームに軽食を置き、アリアを手伝うために調理室へもう一往復した後。

「シオン？　どうかしら」

僅かに緊張した面持ちでシオンへ軽食を勧めたアリアに、ユーリもドキドキとシオンの反応を窺った。

味見をして出来は確認しているものの、シオンから合格点が出るかどうかは話が別だ。もっとも、アリアの監修が入っている時点で不味いわけはないのだけれど。

「シオンが……っ！　ユーリの手作り料理を……！」

まずは初お目見えとなる〝卵焼き〟から、と、アリアに勧められるままに卵焼きを口へ運んだシオンに、ユーリの隣からはなにやらぶつぶつとした不審な声が聞こえてくる。

「ゲームにはなかった萌えシーン！」

よくやったわ、私！　と呟いているアリアは理解不能だ。

「……悪くない」

そんな中、卵焼きを飲み込んだシオンから返ってきた反応に、ユーリは批難の目を向ける。

「お前、もうちょっと違うことが言えないのかよ……」

シオンがあからさまに喜んで褒めちぎる姿など想像つかないが、それでも選べる言葉はたくさんあるだろう。

シオンがこういう人間であることは重々知っている。これがシオンなりの最上級の感想なのであろうことも。

けれど、だからといって。

ユーリはいいのだ。これがユーリ一人で作ったものならば、その反応も溜め息一つで受け入れただろう。

だが。

「アリアの新作だぞ……!?」

好きな子の手料理、なんて。喜ばない男がいるのだろうかとユーリは思う。

「え……？　い、いえ、あの……、いいからユーリ……」

「よくないっ」

恐らくは、アリアもシオンの性格はよくわかっている。

だからシオンのこの薄い反応も、微笑《わら》って受け入れるくらいの器があることも知っている。

それでもつい突っかかってしまうのは……――。わかっている。これはただの八つ当たりだ。

「いえ、私も、ユーリの手料理を嬉しそうに食べるシオンの姿とか……想像つかないけどっ！　見てみたいなぁ……、とは思うけどっ」

なんだかやはりどこか論点がずれているアリアの発言は聞かなかったことにする。

「アリアの手料理は世界一美味しい！」

それは、ユーリの本音だ。

愛情という極上のスパイスはあるにせよ、アリアの料理の腕はプロにも負けないと本気で思っている。

「ユ、ユーリ……」

途端、なんだか恥ずかし気に頬を染めたアリアは可愛らしくて目眩がする。

「美味しいだろ⁉」

なぜか泣きたくなってしまいながら、ユーリは有無を言わせない雰囲気でシオンに迫る。

「美味しいよな⁉」

卵焼きを巻き、お米を握り、鶏肉を揚げたのはユーリだが、アリア監督の下で作ったのだから、それはほぼアリアの料理と言って過言ではない。

「……」

じ……、と。恨めし気な眼差しで返答を待てば、シオンが呆れたように肩を落とす様子が目に入る。

「……あぁ」

「！」

嘆息交じりに頷いたシオンにアリアの目は丸くなり、ユーリはしてやったりと心の中でガッツポーズを作る。

「アリアの手料理は世界一！」

再度宣言したユーリだが、視界の端に、また自分の世界に入るアリアの姿がちらりと見えた。

「シオンが……っ。ユーリの手料理を美味しいって……！」

アリアがなにを言っているのかさっぱりわからない。

作ったのはユーリだが、ユーリであってユーリではない。

ユーリの要求に渋々頷いて見せたシオンとて、自分が食べたものが〝ユーリの手作り〟だと認識はしていないだろう。

たとえユーリが作っていても、やはりこれはアリアの料理だ。

「ここまで頑張ってきたかいがあったわ……！」

神様、ありがとう！　と悶絶しているアリアは、もはやシオンとユーリを見ているようで見ていない。

「……放っておけ」

小さな溜め息を落としたシオンは、ユーリよりもアリアとの付き合いが長いだけあって、なにを悟っているのだろう。

「お前も食べたらどうだ？」

「あ……、うん」

そういえば、味見と称してつまみ食い的なものはしたものの、シオンの反応に気をとられていて自分の分は全く手つかずだった。

「……いただきます」

そうして口に運んだ卵焼きは、とても優しい味がした。

隣では、無言で皿を空にしていくシオンの姿がある。

実際、それだけで充分わかるのだ。シオンが美味しいと思ってくれていることは。

「うん。やっぱりアリアの料理は世界一」

その呟きに、すでにプリンを食べ始めたシオンが無言の同意をしているだろうことを確信しながら、ユーリは満面の笑みを浮かべる。

アリアもシオンも、ユーリにとってはかけがえのない大切な存在だ。

こんなふうに、ずっと一緒にいられたらいいと思う。

「美味しい」

好きな人たちと食べるご飯は世界一美味しい。

最高、という文字を胸に抱きながら、ユーリは卵焼きのほんの少しだけ焦げの残った部分を口に運ぶのだった。

あとがき

またお目にかかることができましてとても嬉しいです。姫《き》沙《さ》羅《ら》です。

このたびは、本作品をお手に取ってくださり、誠にありがとうございました。心より感謝いたします。


今作では、いよいよ腐女子主人公・アリアが待ちに待ったBLゲーム本編が開始しました。ゲーム内容はなかなか過酷で、シリアスさが増していく中、アリアの妄想もヴァージョンアップしているのではないかと思います。最推しであるシオン×ユーリのCPを成立させるために奮闘しつつ、他CPにも脳内浮気をし、ルイス×リオCPにも身悶えて……。アリアが羨ましくて仕方ありません！（笑）

そんなアリアの妄想を目に見える形で世に生み出してくださった御子柴リョウ様。前回に引き続き、本当にありがとうございました。扉絵など、アリアと同じ顔になった読者様がどれだけいるのだろうと思っています。

表紙絵のセオドアが素敵すぎて、一応はメインヒーローであるシオン派でなければならないはずが、うっかりセオドアに転びかけた作者です。

どのキャラクターも私の趣味嗜好から生まれた、間違いなく推せるイケメンばかりではありますが、みな様の最推しは誰でしょうか？　よろしければ教えてくださいますと喜びます。

それから、最推しＣＰも！　ゲームはユーリ総受、ルイス×リオ推奨ですが、みな様はいかがでしょうか？

最後になりますが、ここまでお付き合い下さり、本当に本当にありがとうございました。

読者様の存在があるからこそ、こうして物語を世に出すことができております。

今後もアリアの妄想は膨らみ続け、暴走していくことと思います。これから先もぜひ見守ってくださいますと幸いです。

アリアと共に泣いて笑って、ハラハラドキドキしていただくことができましたなら、これ以上光栄なことはありません。

また、本作の制作・販売に携わってくださった全ての方々に、心から御礼申し上げます。

それでは、次巻でお会いできることを信じて。

みな様の毎日が素敵なものでありますように。

姫　沙羅

推しカプのお気に召すまま２
～こっそり応援するはずがなぜか私がモテてます!?～

2025年２月１日　第1刷発行

著　者　姫 沙羅

発行者　本田武市

発行所　TOブックス
〒150-0002
東京都渋谷区渋谷三丁目1番1号　PMO渋谷Ⅱ　11階
TEL 0120-933-772（営業フリーダイヤル）
FAX 050-3156-0508

印刷・製本　中央精版印刷株式会社

ISBN978-4-86794-447-9

Printed in Japan